얼룩무늬 청춘

❶ 금오공고 편

얼룩무늬 청춘 - ❶ 금오공고 편

발행일 2022년 07월 25일

지은이 조자룡
펴낸이 손형국
펴낸곳 (주)북랩
편집인 선일영 편집 정두철, 배진용, 김현아, 박준, 장하영
디자인 이현수, 김민하, 김영주, 안유경, 최성경 제작 박기성, 황동현, 구성우, 권태련
마케팅 김회란, 박진관
출판등록 2004. 12. 1(제2012-000051호)
주소 서울특별시 금천구 가산디지털 1로 168, 우림라이온스밸리 B동 B113~114호, C동 B101호
홈페이지 www.book.co.kr
전화번호 (02)2026-5777 팩스 (02)2026-5747

ISBN 979-11-6836-415-8 04810 (종이책)   979-11-6836-416-5 05810 (전자책)
979-11-6836-417-2 04810 (세트)

(주)북랩 성공출판의 파트너
북랩 홈페이지와 패밀리 사이트에서 다양한 출판 솔루션을 만나 보세요!
홈페이지 book.co.kr · **블로그** blog.naver.com/essaybook · **출판문의** book@book.co.kr

작가 연락처 문의 ▸ ask.book.co.kr
작가 연락처는 개인정보이므로 북랩에서 알려드릴 수 없습니다.

조자룡 자전에세이

얼룩무늬 청춘
❶ 금오공고 편

🌀*북랩

내 삶을 결정한 삼국지

1966년 하위 일 퍼센트 극빈 농가에서 태어난 나는 초등학교에 들어갈 때까지 배운 건 숫자 100까지 쓰고 세는 것과 이름석 자를 한글로 쓰는 게 다였다. 일제강점기에 태어나 유아 때할아버지가 돌아가시고 할머니가 홀로 객지에서 생활하는 바람에 아버지는 고아 아닌 고아로 살면서 학교 문턱에도 가보지못했고, 어머니는 여자를 사람으로 여기지 않던 당시 풍습대로문맹이었다.

두메산골 독립가옥에서 어린 시절을 보내 사람이 득실대는초등학교가 낯설었다. 누더기에 콧물 흘리던 잔뜩 위축된 촌놈이었으나, 오래지 않아 깨끗한 차림에 희멀건 읍내 아이도 의외로 특별하지 않다는 걸 알게 되었다. 달리기도 주먹도 공부도대단하지 않았다. 초등학교 1년이 지나면서 세상은 두려울 게 없다는 사실을 알았다.

초등학교 2학년에 오를 때쯤 대부분 한글을 읽을 수 있었다. 물론 읽을 책은 국가에서 공짜로 지급하던 교과서 외에 없었다. 책뿐만 아니라 신문이나 잡지도 없었다. 어른이 하는 말과 자연 외에 새로운 정보를 얻을 통로는 전혀 없던 시절이었다. 초등학교 5학년이던 1977년에 전기가 들어와 당연히 TV도 없었다.

2학년 같은 반에 아버지가 선생님인 친구가 있었다. 이희용이라고 기억하는데 선생님의 아들답게 공부 잘하는 똑똑한 친구였다. 어느 날 읍내에 있던 그 친구 집에 놀러 간 적이 있는데 책꽂이에 교과서 아닌 책을 처음 보았다. 무슨 책이냐고 물으니 아버지가 즐겨 읽는 삼국지라는 것이었다. 글을 읽고 싶은 욕구가 강했으므로 내용이 무엇인지도 모르면서 빌려달라고 사정해서 한 권을 빌렸다.

그날 밤 호롱불 밑에서 밤새 삼국지 1권을 읽었다. 저자는 기억나지 않지만 세로쓰기 2단의 고색창연한 책이었다. 글씨 크기도 깨알만 한 데다 500페이지가 넘는 두꺼운 책이었다. 막 글을 깨우친 터라서 빨리 읽을 수 없었으나 워낙 재미있어서 하룻밤 새 한 권을 모두 읽었다.

삼국지는 나에게 천지개벽과도 같은 충격을 주었다. 세상도 사람도 전혀 알지 못하던 나는 세상에 그렇게 다양한 사람이 서로 다른 방식으로 살아간다는 데 놀랐다. 집에서나 학교에서 가르치는 건 공자님 말씀이던 시대였다. 도덕은 곧 삼강오륜이었다. 삼국지도 철저하게 유교에 근거해서 촉나라에 정통성을 부여하였다. 나는 저자 나관중의 의도대로 촉나라 영웅 편에서 함께 울고 웃으면서 몰입하였다.

삼국지에서 가장 매력적인 사람은 운장(雲長) 관우(關羽)였다. 유비나 장비도 독특한 매력이 있었으나 관운장의 외모 태도 기백과 비교되지 않았다. 집이나 학교에서 가르치던 삼강오륜에 가장 적합한 인물이 관우였다. 주군에 대한 변함없는 충성, 인간관계에 따른 굳건한 의리, 무용, 지략, 기백에서 누구에게도 지지 않는다는 자부심은 관운장의 상징이었다.

생물학적 인간의 위치를 몰랐고, 남녀 차별이 당연하던 시절에 남자로 살아가야 할 방식을 전혀 몰랐던 나는 비로소 남자의 삶이 무엇인지 깨달았다. 가장 훌륭한 남자는 무용과 지략과 기백이 뛰어난 장군이었다. 남자는 모름지기 장수가 되어 천하를 주름잡아야 한다. 세상에 존재하는 악의 무리를 일소하고 정의로운 국가를 완성하는 것, 그것이 남자가 세상에 존재하는 이유라고 생각했다.

처음 삼국지를 빌려온 날로부터 5일 후 다섯 권짜리 세로쓰기 삼국지를 완독했다. 매일 한 권씩 닷새를 밤새워 읽은 것이다. 책에서 눈을 뗄 수 없을 정도로 감동적이었고 재미있었으나 계속 그런 건 아니다. 오나라 여몽의 계략에 넘어가 맥성에서 관운장이 사로잡혀 참수당할 때는 나도 모르게 책을 내팽개쳤다. 울면서 계속 읽었으나 세상은 정의로운 게 아니고 권선징악은 허구임을 깨달았다. 관운장이 싸움에 져 죽다니 그게 될 법이나 한 말인가?

뒤에 유비와 제갈량이 죽을 때도 책 읽기를 그만두고 싶었으나 관운장이 죽을 때만큼은 아니었다. 관운장은 나의 사표(師表)였다. 그의 충성, 의리, 기백을 배워 세상을 가득 채운 불의한 무리를 없애야 한다. 강자에게 당당하고 약자에게 겸손한 관운장과 같은 태도로 세상에 불멸의 이름을 남겨야 하리라.

초등학교 2학년 때 읽은 삼국지에서 내 삶의 목표와 방향이 정해졌다. 큰 틀에서 정해진 방향에 이후에는 세부가 더해진 것뿐이다. 반공 영화에서 말살해야 할 적은 공산당과 공산군으로 정해졌다. 장군이 꿈이었으나 장군을 지휘하는 사람이 대통령이라는 걸 알게 된 초등학교 5학년 무렵부터 효율적으로 공산군을 쳐부수기 위해 대통령이 되어야겠다고 마음먹었다.

장군, 대통령을 목표로 정했으나 장교가 되는 과정은 몰랐다. 병사도 열심히 일하면 장군이 되는 것으로 알았다. 마치 UFC에서 계속 싸워 이기면 챔피언이 되듯이 말이다. 집에서도 학교에서도 구체적인 진로를 알려주는 사람은 없었다. 금오공고에 와서야 군구조와 신분과 지휘 체계를 어렴풋이 알게 되었다.

장교가 될 이유와 방법을 몰랐으나 가난으로 인문계 고등학교에 진학할 수 없어 선택한 금오공고가 꿈을 이어가게 하였다. 금오공고는 졸업 후 부사관으로 군 복무를 해야 했으나 삼군 사관학교와 금오공대 ROTC 과정이 열려 있었다.

30대까지도 대한민국의 영광이 유일한 꿈이었던 조자룡은 꿈속에서 살았다. 모든 게 부족하였으나 불행하지 않았다. 역사나 영화의 주인공은 늘 난관을 극복하는 과정에서 성장하지 않던가? 나에게 주어진 시련은 나를 성장하게 하려는 운명의 도움이다. 한 계단 씩 한 걸음씩 나아갈 때마다 성장할 것이다. 영웅은 최후에 빛나는 법이다.

『얼룩무늬 청춘』은 자전 에세이다. 운명에 맞서 처절하게 도전하고 성공의 꼭대기에 도달하기 위해 치열하게 경쟁한 젊은 날의 이야기다. 잘못된 꿈으로 정해진 인생이었으나 그 덕에 불행하지 않았고, 중간에 목표를 포기하고 바뀌었으나 후회하지 않는다. 나의 삶과 생각을 정리하였다. 성공한 사람의 자기계발서가 아니지만 보통 사람이 살면서 느끼는 희로애락과 고민을 진솔하게 말했으므로 얻을 것이 있으리라 믿는다.

인생에 정답은 없다. 특별히 위대한 삶도 없으며 무가치한 삶도 없으리라 믿는다. 각자 주어진 환경에서 스스로 판단하여 옳은 길로 가는 것, 그것이 인생이라고 생각한다. 서로 다른 어려운 처지에서 힘든 삶을 살아가는 사람에게 용기와 위로로 다가가기를 바라면서 이 글을 썼다. 잘못된 건 반면교사로, 배울 만한 것은 타산지석으로 삼아 독자 여러분의 아름다운 삶을 창조하길 바란다.

2022. 7.

조자풍

목차

3장 / **1983**

4장 / **1984**

5장 / **1985**

1장
1981

장군과 대통령이 되어

세상에 존재하는 공산당을 말살하겠다는

시대착오적 망상으로

나의 젊은 날은 카키색 얼룩무늬가 되었다.

본문 「얼룩무늬 청춘」에서

얼룩무늬 청춘

　하위 일 퍼센트 수준 농촌 빈민 가정에서 자란 나는 초등학교 이학년 때 처음 읽은 삼국지 영향으로 국가 수장인 대통령과 장군을 막연하게 동경하였으나, 그에 이르는 방법은 전혀 알 수 없었다. 형제 중 위로 중학교조차 졸업한 사람이 없는 상황에서 진로를 알려주는 사람도 없었고 스스로 알아낼 방법도 없었다. 초등학교 삼학년부터 학력 전체 일등을 놓친 적이 드물었고, 줄곧 반장이었으나 중학교 희망자 조사에서 손들 수 없었다.

　마침 내가 초등학교 육학년일 때 시골 중학교는 의무교육으로 전환되어 수업료가 면제되었고, 이미 성인 체격에 가깝게 성장했던 만큼 보수가 없는 중학 진학을 아버지는 탐탁하지 않게 생각하였으나 우여곡절 끝에 진학할 수 있었다.

　중학교 진학을 염두에 두지 못할 정도였으니 당연히 고등학교 진학은 상상도 한 적이 없었다. 유아 시절부터 생존에 대한 강렬한 본능으로 부모, 교사의 말이라면 무조건 추종하였고, 가장 칭찬받는 조건이 성적이었기에 진학을 위해서가 아니라 인정받기 위하여 공부를 열심히 하였다. 그 덕분에 고등학교 진학도 하지 않을 주제에 성적은 상위권이었다.

돌이켜보니 운명에 비하면 인간의 노력은 하찮다. 내가 아무리 생존을 위하여 치열하게 노력했어도 대한민국에 태어나지 않았거나 고등학교에 진학하지 못하였다면 현재 위치까지 올 수 없었을 것이다. 꿈도 꾸지 않았던 고등학교 진학이었으나 중학교 삼학년이 되어서야 무료로 진학할 학교가 있다는 걸 알았다. 수도전기공고와 금오공고는 전액 장학금일뿐만 아니라 숙소와 식사도 무료로 제공하는 그야말로 땡전 한 푼 안 드는 학교였다.

장군이 되는 경로는 몰랐으나, 이승복 어린이를 잔인하게 죽인 전 세계의 빨갱이를 때려잡는 장군이 되는 걸 꿈꾸었기에 졸업 후에 한전에 취직하는 수도전기공고 대신 부사관으로 임용하는 금오공고를 선택하였다. 물론 내가 선택한다고 진학이 결정되는 건 아니다. 당시에는 대학 진학률이 아주 낮은 시기였기에 실업계 공고의 인기가 상당하였고, 가난한 시절이었던 만큼 전액 장학금은 매력적이었다.

금오공고를 희망하자 최재석 담임선생님이 반대했다. 우리 집 형편을 알 리 없는 선생님은 공고에 가면 대학 진학이 어려운데 내 실력으로는 충분히 좋은 대학에 진학할 수 있으므로 대전 연합고사에 응시하여 인문계 고등학교로 진학하라는 것이었다. 사정을 설명해도 막무가내로 직접 부모 면담 후에나 원서를 써 준다고 하였다. 8㎞ 거리를 걸어 선생님과 만난 아버지가 하실 말이 있을 턱이 없었다. 선생님의 구체적이고 장황한 설명에도 대학은 언감생심 꿈도 꾸지 않았던 아버지는 묵묵부답이었다.

경제적인 궁핍으로 제대로 먹지 못하여 육체는 부실하였고, 세상 물정 모르는 범상한 재능뿐이었으나, 삼국지에 등장하는 영웅호걸을 꿈꾸었던 나는 '대장부로 태어났으면 마땅히 말 한 필 삼척검으로 천하를 제압해야 하거늘…….'이라는 유언을 남긴 삼국지 오나라 장수 태사자의 말에 따라 군인의 길로 접어들었다. 장군과 대통령이 되어 세상에 존재하는 공산당을 말살하겠다는 시대착오적 망상으로 나의 젊은 날은 카키색 얼룩무늬가 되었다.

금오공고

　남다른 야망을 간직했던 박정희는 사범대학 졸업 후 보통학교 교사가 성이 차지 않았다. 교사를 그만두고 일제강점기 만주 군관학교 2년을 마치고 일본 육군 사관학교 3학년으로 편입하여 3등으로 졸업했다. 일본이 아시아를 제패하던 1940년대 초기였으므로 일본의 패망은 상상도 하지 않았을 터였다.

　군사 쿠데타로 정권을 잡았으나 정통성이 부족한 만큼 국민 여론이 좋을 리 없었다. 국민의 마음을 돌리는 데는 가난 퇴치가 만병통치약이 될 터였다. 보릿고개에 신음하던 세계 최빈국을 단시일 내에 산업국가로 발전시키기 위해서는 중화학공업 위주 성장이 최선이라고 판단하였다. 새마을운동과 경제개발 5개년 계획의 성공으로 발전을 시작하였으나 기술인력이 절대 부족하였다. 전국에 중화학공업에 필요한 많은 공고가 설립되었다. 그중 가장 공을 들인 학교가 박정희 고향인 구미에 세운 금오공고였다.

금오공고는 1972년 박정희 전 대통령이 동양 최고 기능인을 양성하겠다는 야심 찬 목적으로 설립했다. 당시엔 외자까지 끌어들여 44억 원 넘게 투자한 동양 최대 첨단 공고였고, 입학 조건도 파격적이었다. 학비, 기숙사비, 생활용품비까지 지원받는 완전한 국비 장학생이었다.

일본 자본과 기술지원으로 건물이 지어지고, 최신 기계장비가 실습용으로 설치되었다. 우리의 건축기술과 기계장비와 비교할 수 없을 정도로 발전했던 일본까지 끌어들여 세계 최고를 지향하였다. 부유한 선진국으로 도약하기 위한 유일한 길이 공업 입국이라고 확신한 박정희 전 대통령 신념이 금오공고 설립이었다.

대통령이 야심 차게 추진한 일이었던 만큼 일사천리로 진행되었다. 1기생을 선발할 때는 입학시험도 없었다고 한다. 청와대 지시에 따라 도지사가 지방교육청, 군수 등과 협조해 우수한 학생을 할당받은 만큼 선발해야 했다. 대부분 중학교에서 성적이 최상권인 가난한 집안 학생이었다.

학교 건물과 학생 모집은 청와대 서슬에 막힘없이 흘러갔으나 장기계획이 없었다. 전액 장학금으로 운영한다는 방침만 정해졌을 뿐 예산 지원부서도 미정이었다. 정부 부서 간 밀고 당기는 논의 끝에 국방부에서 예산을 지원하고 졸업 후에 기술 부사관으로 인력을 활용하는 것으로 결정되었다. 군 면제로 알고 왔던 사람이 상당수였던 만큼 많은 사람이 자퇴하였다고 한다.

그러잖아도 단체 기숙사 생활로 선후배 간 군기가 세었는데 군

색깔을 더하자 더욱 엄격해졌다. 금오공고는 겉으로는 엘리트 고등학교였으나, 철조망 밖으로 자유롭게 나다닐 수 없는 사실상의 병영이었다. 세상을 바꾸겠다는 많은 영재 소년이 거창하고 자유로운 꿈을 꾸었던 장소는 아이러니하게도 심신이 자유롭지 못한 병영이었다.

1회 졸업생인 최정호 전 국토부 차관의 고등학교 시절에 대한 회상이 남다르다.

"전국에서 중학교 1등 학생을 모아 장학금도 주고, 군대 면제에 나중에 취업까지 보장한다는 담임선생님 추천으로 금오공고와 인연을 맺었습니다. 고등학교 친구는 어린 나이에 기숙사 생활을 같이하며 고생해서인지 동문 간 응집력이 높고, 개인적으로 자부심도 강합니다."

내가 보기에도 금오공고를 졸업한 동문을 훑어보면 대부분 유능하고 서로에 대한 정이 애틋하다. 세상에 대한 자신감이 돋보이며 불굴의 의지와 기상이 엿보인다. 그렇게 된 데에는 이유가 있을 것이다.

합격

1981년 9월 서울에 한 번 가보고 나서 처음으로 충청도 밖으로 나왔다. 금오공고는 경북 구미시에 있다. 충남 부여에서 경북 구미까지 가는 길은 만만치 않다. 일단 집에서 시내버스 타는 임천까지 4㎞를 걸어야 하고, 임천에서 부여까지 시내버스를 타고 이동 후, 부여에서 대전까지 직행버스로 이동해야 하며, 서대전터미널에서 대전역까지 시내버스로 가서, 대전역에서 구미행 열차표를 끊어야 한다.

중학교 3학년이라 마음으로는 성인이라고 생각하였으나 교통에는 무지하였다. 오십 대 초반이던 아버지께서 나를 데리고 가셨다. 구미에 도착해서 하루 숙박해야 하는데 방이 품절이었다. 당시 금오공고는 경쟁률이 치열하여 선발 인원의 십여 배 인원이 구미에 몰렸고, 대부분 부모를 대동한 상태였다. 구미의 모든 숙박업소는 일찍이 매진되었다.

걱정이 태산이었으나 사람이 죽으란 법은 없다. 메뚜기도 한철이라고 단 하루 특수를 업자가 놓칠 리 없었다. 여인숙에 투숙하였는데, 세 가족을 합숙시키고 방값을 깎아 주었다. 업자는 두 배 돈을 벌고, 손님은 불편하더라도 돈을 절약하여 방을 구할 수 있었다. 그래서 생면부지의 사람과 합숙하였는데, 나중에 합격해서 금오공고에 가서야 같이 합숙했던 시경이와 천석이도 합격한 것을 알았다. 신이나 미신을 믿지는 않지만, 그 여인숙이 명당 같았다. 여인숙은 여인만 자는 숙소가 아니다. 여인숙(旅人宿)은 여자를 말하는 게 아니라 나그네가 묵는 숙소라는 의미로 여관보다 싼 가장 허름한 숙소였다.

처음으로 합격 여부를 따지는 시험을 치렀지만 그다지 긴장하지는 않았던 거 같다. 고등학교 진학이 갖는 의미를 전혀 몰랐기에 그럴 수밖에 없었다. 형들은 중학교도 졸업하지 못하지 않았던가? 고등학교 대학교를 나와야 훌륭한 사람이 되는 것이 아니고, 반드시 잘 사는 게 아닐 터였다. 그래도 아버지는 시험 치는 내가 기분 좋으라고 용돈을 주셨다. 아마 아버지께 받은 최초의 용돈이었을 것이다. 고등학교 진학을 탐탁하지 않게 생각하셨던 아버지였으나, 금오공고가 훌륭한 학교라는 걸 소문으로 아신 후에는 합격하기를 바랐다. 내세울 게 없던 아버지는 자식이 금오공고에 합격한다면 충분한 자랑거리였으리라.

합격하지 못하면 고등학교에 진학하지 못할 형편이었지만 천하태평이었다. 고등학교 진학을 한 번도 생각하지 못하였기에 떨어지면 달리 살아갈 요량이었다. 얼마 후 요행히 합격 통보를 받았다. 그것도 극적인 방식으로였다. 내가 다니던 임천중학교에서는 당시 매주 월요일 운동장에서 전체 조회가 있었다. 국민의례 후에 교장 선생님 훈화로 마쳤다. 그런데 아무 생각 없이 교장 선생님 훈화를 듣고 있는데 내 이름을 언급하는 것이었다.

"…… 올해 첫 번째로 고등학교 진학 시험을 친 조자룡 군이 최고 명문고등학교인 금오공고에 당당히 합격하였습니다. 모두 박수!"

"짝짝짝 ……"

교장 선생님의 훈화는 이어졌다.

"여러분, 모두 노력하면 할 수 있습니다. 첫 시험에서 합격한 조자룡 군의 기를 이어받아 진학을 희망하는 3학년 학생 전원이 원하는 학교에 합격하도록 더 열심히 노력하기를 바랍니다. 누구나 노력하면……."

교장 선생님의 훈화는 길게 이어졌지만, 더 들리지 않았다. 합격하였다니 기뻤다. 국비 장학금으로 고등학교에 다닐 수 있다는 사실보다 교내 마이크 방송이지만 매스컴에 탔다는 사실이 더 기뻤다. 그 후에 수도전기공고에 두 명의 동창생이 합격하였지만, 공개적으로 칭찬받는 영광은 없었다. 금오공고 합격 발표가 처음이었기에 누린 영광이었다.

놀랍지 않은가? 지극히 개인적인 사실을 개인에게 먼저 알리지 않고 전교생 정신훈화 과정에 발표했다는 사실이. 아마 아무도 그 사실을 기억하지 못할 것이다. 당시 1, 2, 3학년 전교생이 내 이름을 알고 있었던 것도 아니고, 알고 있던 사람도 관심이 없었을 테니까…… 그러나 나는 생생히 기억한다.

결혼식 때 아무도 주례사를 듣지 않는다. 무슨 말을 했는지 전혀 기억하지 못한다. 그러나 신랑 신부는 다르다. 아무리 긴장하고 장내가 소란하더라도 신랑 신부는 다 들린다. 주례사는 바로 그들의 현재와 미래 살아갈 이야기인 것이다.

중학교도 자신 있게 진학하겠다고 의사 표현할 수 없었던 촌놈이 출세한 셈이다. 그것도 연고지에 있는 학교도 아닌 타지에 유학하게 되었다. 극적인 방식으로 합격 소식을 들었고, 전교생 축하 박수까지 받았다. 얼룩무늬 청춘이 어떻게 전개될지 알 수 없었으나 출발은 일단 좋았다.

2장

1982

주인 알아보고

수백 미터를 질주하여 반기는 누렁이가 좋고,

그 큰 눈을 휘둥그레 치뜨고

'음~머'하는 소가 정겹다.

오랜만에 보는 부모 형제야 말할 나위 있겠는가?

저녁 내내 지난 이야기로

시간 가는 줄 모르게 즐긴다.

내일 모처럼 만나는 고향 친구는

또 얼마나 반가울 것인가?

본문 「고향 가는 길」에서

가입교(假入校)

　금오공고에는 가입교(假入校)가 있다. 정식 입학 전에 학교생활 적
응 기간이라고 보면 된다. 일반 고등학교가 아니라 합숙하며 군사
학을 가르치는 준 군사학교라서 모르고 입학했던 사람이나 분위기
에 적응하지 못한 사람이 학교를 그만두는 경우가 꽤 있다. 입학
후에 퇴학하는 건 학교나 개인으로서나 좋지 않은 결과이므로 개
인이 다시 선택할 기회를 주는 셈이다.

　1982년 2월 말에 금오공고에 가입교하였다. 이유는 알 수 없으나
가입교 1주일 반 편성은 지역별이었다. 말투가 비슷한 동향 사람과
쉽게 적응하라는 취지였는지도 모른다. 덕분에 과가 달라서 전혀
알 수 없었을 동기도 꽤 아는 계기가 되었다. 충청도 출신을 같은
반으로 편성한 덕분에 이후 과가 달라도 동향인 동기 대부분과 알
고 지낼 수 있었다. 학교에서 의도한 결과인지는 모르겠으나 개인
적으로 좋은 착안이었다고 생각한다.

집단생활이고 졸업 후 부사관으로 군에 입대해야 할 처지라서 선후배 간 군기가 셌다. 공식적으로는 군에서도 학교에서도 구타 금지였으나, 겉으로 내세운 구호일 뿐 구타는 비일비재했다. 비단 금오공고뿐만 아니라 일반 중고등학교에서도 상호 싸움이나 선배의 후배에 대한 훈계를 빌미로 한 구타가 일반적이었다. 가입교 기간은 선배가 후배에게 간섭하지 못하도록 선생님이 기숙사에 살다시피 했으나, 어쩐 일인지 퇴교하는 친구가 이어졌다.

금오공고가 고 박정희 전 대통령이 산업 입국을 위한 야심 찬 작품이었으나 그 명성만큼 당시 학생에게 매력적이지 못했던가 보다. 우수 기능인력을 양성할 목표는 훌륭하였으나 활용 방안을 제대로 강구(講究)하지 못했다. 발전성이 우수한 업체나 대학 진학을 연계하였다면 대부분 학생이 갈등하거나 진로를 변경하는 일이 없었을 것이다. 군 면제를 조건으로 일정 기간 산업체 의무근무를 명시하였다면 학교가 더 발전했을 가능성이 크다. 하필이면 젊은이가 가장 싫어하는 군 의무복무 5년이 걸림돌이었다.

자세한 학교 실정을 모른 채 학교 명성만 듣고 지원한 친구나, 부모나 선생님의 강권으로 온 사람도 있었다. 학교 측의 감언이설과 선생님의 밀착 보호가 무색하게 대학 진학이 어렵다는 사실을 알고 떠나는 친구가 상당수였다. 입학정원이 480명이었는데 떠나는 수만큼 더 충원하였다. 당시에는 보결이 무슨 말인지 몰랐으나, 이제 생각하니 결원에 대한 보충이었다. 가입교 기간을 지나 삼사월까지 보결은 계속되었다. 삼사월까지 퇴교하여 고등학교 재수를 결심할 정도로 대학 진학에 대한 욕망이 강한 친구가 많았다.

나는 중학교 3학년 담임선생님의 간절한 만류를 경험한 터이고, 금오공고 퇴교가 곧 학업 중단이었으므로 갈등과는 무관하였다. 모든 게 좋았다. 중학교까지 살아올 때까지는 주변 친구와 모든 면에서 많은 차이를 느꼈으나, 금오공고에서는 모든 게 평등했다. 기숙사와 세 끼 식사는 물론이고 교복과 속옷, 구두와 운동화, 생활필수품 일체가 공짜였으며, 주기적으로 보급되었다. 추가로 용돈이 필요한 경우는 전혀 없었다.

나에게 금오공고는 신세계였다. 여러 이유로 불평불만을 토로하는 동기가 있었으나, 나에게 불평불만은 없었다. 새 옷과 새 구두를 신고, 모든 생활필수품이 풍족하며, 실컷 먹을 수 있는데 도대체 무엇이 불만이란 말인가? 고 박정희 전 대통령은 세계에서 가장 우수한 기능인력을 양성하기 위하여 금오공고를 설립하였지만, 기능사도 산업 전사에 대한 의욕도 전혀 없었던 나에게 최적화된 학교였다. 운명은 조자룡을 버리지 않았다. 금오공고의 존재로 조자룡은 보통 사람으로 살아갈 기회를 얻었다.

전자공학과

가입교 때 전공을 선택하게 되었다. 개인의 선택에 따라 전공학과가 정해지고, 일부 초과하거나 모자라는 과는 성적에 따라 조정하였다. 전자공학과 240명, 기계공학과 120명, 금속공학과와 판금공학과는 각각 60명이었다. 원래 기능공을 희망하지 않았고, 과별로 정확히 무엇을 배워서 무슨 일을 하게 되는지 알 수 없었으나, 매스컴에서 향후 전자공학이 유망하다는 말을 익히 들었기에 전자공학과를 선택하였고, 별문제 없이 전자공학과로 결정되었다.

매스컴의 보도대로 그 후 전자공학 분야가 엄청난 발전을 거듭하였으나, 내가 결정을 잘한 건 아니었다. 전공 선택은 분야 발전성을 우선할 게 아니라 본인의 적성이나 취향을 먼저 고려해야 할 일이다. 다른 과를 선택하였어도 어차피 전공에는 크게 관심이 없었을 것이나, 전자공학과는 내 정체성과 거리가 멀었다.

전자는 확인된 물질 중 가장 작은 편이다. 중성자와 양성자로 이루어진 원자핵에 딸려 공전하는 것이 전자고, 전자 수에 따라 원자가 달라진다. 당연히 눈에 보이지 않고 이론으로만 존재하는 물질이다. 공학 이론은 모든 분야가 어렵지만, 전자공학도 무척 어렵다. 관심이 적어서인지 지능이 낮아서인지는 알 수 없으나 나는 제대로 이해할 수 없었다. 이론만 문제가 아니라 실습도 실내에서 조그만 기판에 납땜이 전부다. 전자공학과는 보이지 않는 전자의 활동을 연구하는 분야다. 모든 게 축소 지향적이어서 가볍고 작고 짧고 얇게 만들수록 우수한 제품이다.

나는 과거에 전교 회장이나 반장은 죽어도 하기 싫어하였으나, 모두의 앞에 나서는 걸 싫어했을 뿐이지 친구 간에는 교류가 활발하였다. 걸핏하면 싸웠고 친구 사이를 주도하는 편이었다. 잘난 체하는 사람을 혐오하였으나 적극적으로 나서서 대동단결하는 걸 좋아하였다. 아마 기계공학과가 내 성향에 가장 어울리는 전공이었을 것이다. 기계를 좋아하는 게 아니라 기계를 다루는 사람의 성향을 좋아하였다. 기계공학과 실습은 대형 공장에서 쇠를 깎는 게 주다. 공구나 장비는 크고 무거우며, 혼자서 들 수 없는 게 많다. 자연히 기질은 호방하고 상호 협조적이어서 쉽게 화합하고 단결한다.

전자공학과 사람은 대체로 공부를 잘하는 편이다. 실내에서만 주로 생활하여 희멀건 샌님이 대부분이다. 몸으로 하는 건 대체로 못한다. 혼자서 하는 일만 평균 이상으로 한다. 공부나 독서나 컴퓨터게임은 그럭저럭한다. 과원이 가장 많으므로 운동경기에서 유리한 건 당연하다. 그러나 이기는 게 거의 없었다. 기술과 협조가 필요한 축구를 이기지 못하는 건 이해한다. 줄다리기를 이기지 못하는 건 이해할 수 없었다. 240명 중 선발한 인원이 120명이나 60명 중 선발한 사람에 비하면 육체적으로 우월하다. 그런데도 기계과에 늘 졌다.

무엇이든 싸워서 이기는 걸 원하는 기질이었던 나는 그게 불만이었다. 공산당을 박멸하고 세계를 지배하는 위대한 장군을 꿈꾸었던 사람으로서 전자공학을 전공하는 친구가 마음에 들지 않았다. 공학 자체는 원하는 분야가 없었으나, 공학을 전공하는 사람의 기질을 알았다면 아마 기계공학과를 선택했을 것이다. 물론 버스 지난 뒤에 손 흔들기였다.

아무것도 모르는 상태라고는 하지만, 나의 적성이나 기질에 맞는 전공을 선택한 게 아니라 크게 발전하여 인류 미래에 큰 영향을 미치리라는 어처구니없는 이유로 선택한 전자공학은 이후 내 장래를 결정하였다. 만약 기계 계열인 기계공학과 금속공학과 판금공학과를 전공하였다면 공군 소위로 임관하였을 때 특기(병과)는 항공정비였을 것이다. 어떤 공학도 원치 않았고, 어처구니없는 이유로 선택한 전자공학 전공 덕분에 공군에서 무장전자 특기를 받았다.

인생은 각자 선택의 연속이지만, 과정이나 결과를 알 수 없는 상태에서의 선택이므로 사실상 우연의 연속이다. 어느 군에 가게 될지도 몰랐고, 각 군 특기(병과) 체계와 전공과의 연계성도 모르는 상태에서 결정한 고등학교 때 정한 전자공학과는 30년 이상 군 생활 분야를 결정하였다. 운명의 여신은 인간 조자룡을 무장인(武裝人)으로 결정하였다.

기숙사 신동

금오공고는 전국에서 학생을 선발하여 전원 기숙사에서 생활하였다. 유능한 학생을 선발하기 위해 전국을 대상으로 하였고, 자택이 장거리에 위치하므로 기숙사 생활은 필연이었다. 전액 국비 장학금이었으므로 당연히 무료였다.

기숙사는 3층 건물 세 동과 단층 건물 한 동이 있었다. 교훈이 정성, 정밀, 정직이었는데, 기숙사 이름이 교훈을 따서 정성동은 3학년, 정밀동은 2학년, 정직동은 1학년이 거주하였고, 단층 건물은 새로 신축하였다고 하여 신동이라고 불렀는데 1학년 전자 3반과 4반이 거주하였다. 학년별로 인원수에 큰 차이가 없었음에도 1학년 기숙사가 더 필요하였던 건 사감 선생님 숙소와 기타 부수 시설이 있었던 듯하다.

나는 전자 3반이었으므로 신동에 입주하게 되었다. 신동은 일종의 사각지대였다. 당직 선생님이 있던 정직동과 상당한 거리에 있었고, 폐쇄된 후문이 지척에 있었다. 후문은 걸어 잠근 상태였으나

3학년 선배는 선생님 눈길을 피해 담을 넘어 드나들었다. 주로 군 것질이나 하려는 목적이었으나 가끔 음주도 하였다. 지나가다가 우연히 또는 일부러 신동을 들러 군기 잡는 일이 더러 있었다.

전투복을 착용하고 군사학을 배우는 데다 계급장도 단풍 하사를 달고 있었으므로 사실상 병영과 다름없었고, 선배는 하늘이라고 배웠다. 선배의 지시나 명령은 그 무엇도 정당하였다. 요즘 기준으로는 엉터리라고 할 수 있으나, 당시에는 오히려 정상이었다. 하사 계급장을 표시하는 갈매기 색깔로 학년을 표시하였는데 1학년은 흰색, 2학년은 남색, 3학년은 빨강이었다. 색으로 구분하였으나 태도나 자세로 금세 학년이 구분되었다.

지나가던 선배가 신동에 들르면 어떤 이유로든 기합받을 수밖에 없었다. 이유는 다양하다. 자습 시간에 떠들었다는 이유, 복장이 불량하다는 이유, 청소상태가 불량하다는 이유, 어떨 때는 담배 냄새가 난다는 이유로 단체로 얼차려를 하거나 구타하였다. 1학년 중에도 몇몇 흡연자가 있었던 듯하다.

60명을 복도에 엎드려뻗쳐를 시키고 몽둥이로 십여 대 때릴 때가 많았는데, 기다리는 시간이 고역이었다. 누구나 맞으면 아프다. 젊은이가 몽둥이로 힘껏 내리치는데 아프지 않을 리 없다. 그러나 순간이다. 못 견딜 만큼 아프지는 않다. 그런데 저 복도 끝에서부터 때려오는데 '픽, 헉!' '픽, 헉!' 맞는 소리와 신음을 교대로 듣는 건 맞는 것보다 공포였다. 처음 맞는 사람이 더 아플 터이나 기다리는 공포를 면할 이유로 먼저 맞는 것을 선호하였다. 매도 먼저 맞는 게 낫다는 말은 그래서 나온 듯하다.

신동의 또 다른 문제는 모기였다. 신동 주변에 쓰레기장이 있고 수목이 울창하여 여름철에는 모기떼가 번성하였다. 각자 개인용 모기장을 치고 잤으나, 공간이 협소하여 모기장에 닿은 팔다리를 모기장 밖에서 마음 놓고 공격하였다. 육칠월 한여름에도 두꺼운 실습복을 착용하고 잘 정도였다. 무더위보다 모기떼가 더 두려웠다.

가끔 동기생이 있는 정직동에 갈 때가 있었다. 정직동도 1층에는 신동보다는 덜 하지만 모기가 있었다. 그런데 2층과 3층에 거주하는 동기생이 모기장도 치지 않은 상태에서 러닝셔츠와 팬티 차림으로 자는 걸 보고 기절초풍하였다. 모기장 속에서 실습복 입고 자야 하는 나로서는 신세계를 보는 느낌이었다.

모기는 한 번에 높이 날아오르지 못한다는 걸 그때 알았다. 간혹 계단을 통해 오르는 개체가 있지만, 그건 다수 흡혈 대상자로 해결하였다. 300명이 넘는 사람이 거주하므로 몇 명의 희생으로 참을 수 있는 것이다.

세상은 모르는 것 천지다. 유능하고 똑똑한 사람이나 나이 든 현자도 모두 초보 인생이다. 지식과 경험을 바탕으로 더 나은 판단을 하더라도 누구도 먼저 인생 전체를 경험한 자는 없다. 1학년이 보기에는 3학년이 대단하고 위대해 보였으나, 허점투성이 미성년일 뿐이었다. 초보 인생이라는 개념 자체가 없었고, 그 무엇도 두렵지 않던 폭발 직전 청년 조자룡이 금오공고에서 처음 깨달은 것은 엉뚱하게도 모기의 생리였다. 모기는 높이 날지 못한다.

식사

인간에게 먹는 일보다 중요한 건 없다. 아니 인간뿐만 아니라 먹어야 생명이 유지되는 모든 생명체 공통의 운명이다. 가장 중요한 게 생존이라면 그 무엇도 먹는 것보다 우선할 수는 없다. 맛있는 음식을 먹는 게 모두의 꿈이지만, 배부른 사람의 호사고 궁핍한 자에게는 질보다는 양이다. 질은 행복하게 하지만 양은 수명을 연장한다.

1966년에 태어난 나는 고등학교 진학 전까지 실컷 먹어본 기억이 거의 없다. 아무리 음식이 많아도 식구가 열 명에 가까워서 마지막에는 눈치를 볼 수밖에 없었다. 1960년대에 그런 사람이 어디 있느냐고 질문하는 사람이 종종 있는데, 60년대뿐만 아니라 2022년 현재도 굶는 사람이 존재한다. 시대가 문제가 아니라 개인 형편의 문제다.

초등학교 저학년 때는 도시락도 가져가지 못하는 형편이어서 보리밥 누룽지를 가지고 다녔는데 노랗게 눋은 쌀 누룽지가 그렇게 부러웠다. 보리밥 누룽지는 접착력이 없어서 주먹밥 형태였는데 고소한 맛도 단맛도 없었다. 오륙 학년 때는 도시락을 가지고 다녔으나 반찬이 김치 아니면 장아찌였다. 달걀부침이나 햄, 소시지, 멸치볶음을 가져오는 친구가 부러웠다. 집에서 닭을 키워 매일 수십 개씩 새로운 달걀이 생산되었으나 그것은 반찬거리가 아니라 거의 유일한 소득원, 일종의 현금이었다. 멀리 장에 들고 가 팔아서 현금화하기에 달걀보다 좋은 건 없었다. 어머니는 장에서 달걀을 팔아 학용품을 사 주셨다.

지금은 햄이나 소시지는 일부러 기피한다. 가공식품이 건강에 좋지 않다는 걸 알면서부터다. 세상은 알 수 없으며 의외로 공평하기도 하다. 어려서는 과자와 청량음료, 가공식품 반찬을 돈이 없어서 못 먹었으나 모두 몸에 해로운 음식이라고 한다. 부잣집 아이가 실컷 먹은 음식은 몸에 좋지 않은 것이고, 가난해서 먹을 수밖에 없었던 자연식품이 건강에 좋은 음식이라니 이보다 더한 반전이 있는가?

중학교 때까지 건강에 좋다고는 하지만 내 입맛에는 전혀 맛이 없던 음식, 그것도 실컷 먹지도 못했으나 금오공고에서는 다양한 반찬을 실컷 먹을 수 있었다. 어떤 친구는 반찬 투정을 하였으나 내게는 모두가 최상의 음식이었다. 매 끼니 고기반찬이나 고깃국이 빠지지 않았다. 그야말로 상상도 할 수 없었던 황제 식단이었다.

가난한 사람은 대체로 식사량이 많다. 먹을 게 있을 때 최대한 먹어두자는 심보다. 없을 때를 대비해서 최대한 많이 먹다 보니 위가 크고 배가 나와 보기에 아름답지 않다. 가난한 사람이 못 먹어서 날씬할 거라는 생각은 착각이다. 영양가 높은 음식을 적당히 조절해서 먹는 부유한 사람이 아름다운 몸매를 갖추기 쉽다.

많이 먹는 걸 추구했던 나도 가는 팔다리와 비교하여 몸은 굵었다. 짬밥이라고 경원하는 사람도 있었으나 나는 하루 다섯 그릇을 해치웠다. 아침만 남처럼 한 그릇으로 만족하고 점심과 저녁은 흔한 말로 '더블 츄라이(double tray)'였다. 덕분에 60kg에 못 미치던 몸무게는 고등학교 3학년이 되자 70kg을 넘었다.

특히 인기 있던 메뉴는 돈육 볶음이었다. 돼지 두루치기와 달리 돼지고기를 두툼하게 잘라서 양념과 버무려 익힌 돈육 볶음은 나만 좋아하던 음식이 아니라 전교생이 좋아하는 특식이었다. 늘 점심과 저녁을 두 배로 먹었던 나는 물론이고 선배, 동기, 후배도 더블츄라이가 여럿이었다. 그래서 돈육 볶음 메뉴가 있는 날은 식사 시간이 길어지게 마련이었다. 2층이 식당이었는데 1층 공터에는 수백 명의 1학년생이 줄지어 기다렸다. 천 명이 훌쩍 넘는 사람이 한 장소에서 식사하면서 생긴 자연스러운 풍경이었다.

식사는 3학년, 2학년, 1학년 순으로 시간이 정해져 있었는데 3학년은 식사 시간을 잘 지키지 않았다. 3학년 식사 시간에는 줄지어 기다려야 했으나, 1~2학년 식사 시간에는 그대로 통과하여 먼저 식사할 수 있었다. 2학년도 식사 시간을 줄이려는 얌체족은 1학년 시간에 단골로 이용하였다. 장유유서가 아니라 상명하복 위계질서가 철저한 군사문화였다. 기다리던 1학년은 선배의 새치기에 전혀 불만이 없었다. 트집을 잡아 구타하거나 단체 기합을 하지 않는 게 오히려 고마운 심정이었다.

학년 구분은 전공이 새겨진 마크의 바탕색으로 하였다. 금오공고 10기생인 나는 3년 동안 남색 바탕의 전공 마크를 착용하였다. 9기생은 주황, 8기생은 흰색으로 기억한다. 전혀 모르는 사람도 전공 바탕색으로 구분할 수 있었기에 일종의 계급장과 같았다. 주황색 한 명은 남색 480명을 교육할 수 있었다. 이유는 여러 가지다. 줄이 삐뚤어졌다거나 시끄럽게 떠들었다는 이유로 맞을 수도, 단체 기합받을 수도 있었다.

지나고 보니 훌륭한 전통은 아니었으나, 당시에는 워낙 구타나 가혹행위가 일반적이었기에 특별하게 생각하거나 반감을 갖진 않았다. 부모, 형, 선생, 선배 누구나 구타나 욕설이 일반적이었다. 1학년 때 선배가 한 행위는 그대로 보고 배워 2학년에는 스스로 같은 방식으로 후배를 교육하였다. 주먹으로 열 대 정도 가슴을 때리거나 팔굽혀펴기 열 번을 시키는 건 구타나 가혹행위가 아니었다. 지극히 정당한 사랑의 매로 간주하였다. 요즘 지난 학교폭력이 문제가 되어 시끄러우나 그 시절 학생은 대부분 피해자이면서 가해자였다. 맞아서 기분 좋을 리는 없었으나 그렇다고 밥맛이 없는 건 아니었다. 식사 시간은 언제나 기다려지는 행복한 시간이었다.

금오공고는 단순한 고등학교가 아니다. 내게는 학업을 계속하게

한 하나의 운명이자 신의 축복이었다. 학업을 계속할 수 있었을 뿐
아니라 모든 생활필수품을 남부럽지 않게 쓸 수 있었고, 먹어보지
못했고 상상조차 할 수 없던 맛있는 음식을 마음껏 향유하는 천
국, 나에게는 지상낙원이었다. 세상은 넓고 좋다. 내가 고등학교에
진학할 형편이 안 되는 걸 알고 금오공고 같은 공짜 학교를 때맞추
어 제공하는 세상은 조자룡을 위하여 존재하는 것 같았다. 나는
세상의 주인공이었다.

교과

금오공고는 실업계 고등학교다. 실업계 고등학교는 인문계 고등학교가 대학 진학을 목표로 학과를 운영하는 데 반해 졸업 후 취업을 목적으로 설립한 학교다. 당연히 대학 진학과 관련한 교과보다 실습 비중이 높다. 아직 선진국과 거리가 멀던 칠팔십년대에는 대학 진학률이 높지 않았다. 다수가 인문계 고등학교였으나 상대적으로 취업률이 높은 실업계 고등학교가 인기가 높아 입학 경쟁률이 치열하였다.

실업계 고등학교에 맞게 금오공고 교과 비율은 인문 과목, 전공 이론, 전공 실습이 각각 1/3을 차지하였다. 인문 과목은 국어, 영어, 수학, 윤리, 음악, 일어, 체육에 교련 대신 군사학 4시간이 포함되었다. 일주일 44시간 중 체육과 군사학을 제외하면 10여 시간이 대학 진학 관련 수업 전부였다. 일어는 금오공고 설립 당시 기술 선진국이던 일본의 지원을 받은 대가로 수업한 것으로 기억한다.

가정 형편상 금오공고에 입학하였으나 공학자나 기술자에 전혀 관심이 없었던 나에게 수업 시간은 무료하였다. 그나마 인문 과목이 좀 더 흥미로웠으나 과목도 시간도 너무 적었다. 모두 또래 인문계 고등학교에 비교하면 1/3에 못 미쳤다. 실업계 공통 국어, 영어, 수학 교과서는 노트 두께였다. 전공과목 이론 교육 시간에는 딴짓이거나 졸기 일쑤였고 실습은 동기생에 못 미쳤다.

　특이하게 음악이 있었는데, 어린 나이에 합숙하면서 군사훈련을 받아야 하는 상황이라 정서 함양이 부족할 걸 염려하여 편성한 것이었다. 어려서 혼자서 하는 그림에는 재능이 있었으나, 성격이 내성적이어서 나서기를 싫어해 앞에서 해야 하는 노래를 싫어하였다. 그래서 항상 음악 성적이 저조한 편이었는데, 하필이면 음악이 있었다. 음악 선생님 이름이 문무범이었는데 금오공고 악대를 지휘하였고, 키는 작았으나 멋진 분이었다.

　한 번은 음악 실기 평가를 한 적이 있었다. 그때까지 술 마신 후 술기운으로 친구와 단체로 뽕짝이나 한 게 전부였기에 도저히 피아노 반주에 맞춰 노래할 수 없었다. 음정이나 박자를 무시하고 소리라도 질렀으면 기본점수를 받을 수 있었으나, 부끄러워서(쪽팔려서) 소리를 낼 수 없었다. 점수를 리듬, 멜로디, 하모니, 음정으로 구분하여 A, B, C, D로 부여하였는데 나는 모두 D였다. 이론 60점, 실기 40점 비율이었는데 내 음악 성적은 '양'이었다. 아마 전체 꼴찌였을 것이다.

　나중에 군 생활과 비교하면 고등학교 때까지 성격이 내성적이어서 반장이나 전교 회장을 마다하고 노래하지 못한 게 미스터리다. 군에서는 매사에 앞장서서 주도적으로 진행하였고 회식 후 노래방에서는 신나게 목이 터지도록 노래를 불러 만점 받는 일이 드물지 않았다. 스스로 육체적, 정신적으로 성인을 자처하였으나 실제로는 마음이 여렸던 모양이다.

학교에서 배우는 모든 게 마음에 들지 않았다. 금오공고 선생님 실력이 뛰어나다고 소문났으나, 선생님 실력이나 학교 시설이 문제가 아니라 내 적성과 취향이 문제였다. 지금도 그렇지만 학생의 적성에 따라 전공을 선택하는 게 아니라 성적이나 가정형편에 따른 선택이 좋은 결과로 나타날 리 없었다. 수업 시간에 공부하는 게 즐거운 사람이 많지는 않겠으나, 이전 초등학교 중학교 때와 비교하여도 나에게 금오공고 전공 위주 수업은 고역이었다.

군사학

금오공고의 가장 큰 특징은 영재를 키워 우수한 과학자를 양성하는 학교가 아니라 졸업 후에 부사관으로 장기 복무해야 하는 일종의 군사학교라는 것이다. 최초 취지는 조국 근대화의 기수로써 공업 입국 달성이었으나, 졸업생을 활용할 사회적 기반이 마련되지 않은 상태여서 진로가 없었다. 정부 부서 간 예산획득과 활용 방안에 대한 줄다리기 끝에 국방부에서 예산을 지원하고 기술 부사관 복무하는 것으로 결정하였다.

예나 지금이나 군에 대한 사회적 인식은 부정적이다. 건강한 남성이라면 누구나 의무복무해야 하는 군은 상명하복의 위계질서가 철저한 데다 일제 잔재 영향으로 좋지 않은 추억을 가진 사람이 많다. 까라면 깐다는 식의 무조건적 복종을 요구하는 군 문화를 좋아하는 젊은이는 별로 없다. 초기에는 가난으로 진학이 어려운 사람이 금오공고에 진학하였으나, 생활이 향상되면서 갈수록 인기가 떨어진 이유 중 하나다.

입학과 동시에 입을 옷이 지급되었다. 정복과 정모, 실습복과 실습모, 체육복, 속옷과 양말류, 단화와 운동화, 전투복과 전투화를 받았다. 전투복과 전투화를 받으니 비로소 '군인이 되는구나.' 하는 생각이 들었다. 지금은 얼룩무늬지만 당시에는 민무늬 엷은 카키색 전투복이었다.

고등학교 1학년 때부터 군사학을 배웠다. 일주일 네 시간 교과는 이론 및 훈련으로 진행하였다. 전공 실습을 제외한 단일 과목으로는 가장 많은 수업 시간이었다. 군사학의 시작은 제식훈련이었다. 초등학교부터 기본 제식은 배우지만, 가장 큰 차이는 총을 들고 하는 훈련이라는 점이었다. 이제 막 얼굴에 여드름이 나기 시작한 덜 성장한 햇병아리 청소년이 처음 잡은 소총은 미제 M1이었다.

2차대전 때부터 미군 주력 소총이었던 M1은 성능과 내구성이 뛰어났으나 동양인이 사용하기에는 너무 무거웠다. 착검하지 않은 상태에서 4.3kg이나 되어서 총을 든 상태에서 하는 모든 행동이 쉽지 않았다. 현역 군인도 사용하기에 버거운 총을 들고 연병장을 도는 구보는 훈련이라기보다는 기합에 가까웠다.

중학교 때 이미 성장이 끝난 나는 그나마 덜한 편이었으나 입학 제한키 수준이었던 친구는 키와 총길이가 비슷해 보일 정도였다. 우리는 이미 성인이 되었다고 큰소리쳤으나, 아마 훈련을 목격한 사람은 고사리손 같은 아이들에게 못 할 짓이라고 했을 것이다.

당시 현역 군인에게는 월남전에서 미군 몰래 도입한 M16 소총을 모방, 역설계해서 보급 중이었다. 그래서 현역이 사용하던 M1과 카빈총은 예비군이나 교련 훈련용으로 바뀌었다. 다행히 금오공고는 현역 다음으로 우선순위여서 2학년 때부터는 M16 소총으로 훈련하였다. M16 소총 무게는 3.4kg으로 M1과는 거의 1kg 가까운 차이가 난다.

금오공고는 301 학군단이었다. 학군단장은 현역 육군 중령이었고 교관으로 대위와 중위 각 1명이 있었다. 병사는 서넛이었는데 평소에는 행정병이었으나 군사학 시간에는 제 동작을 먼저 시범하는 조교였다. 일선에서 임무를 수행하는 현역도 힘들 것이나, 수업 시간 전에 군사학 과목에 따른 구령 연습을 해야 하는 교관이나 실제로 시범을 보여야 조교 역할도 쉬운 일은 아니었다.

3월부터 6월까지 1학기 내내 배운 군사학은 머지않아 하계 병영 훈련에서 사용되리라. 4개월이 지나자 기본군사훈련은 마친 셈이었다. 정해진 시간 내 총기 분해결합을 할 수 있었고, 제식·포복·유격·연무선 16개 동작에 숙달하였다.

대학 진학

요즘이야 대학 진학이 오히려 보통이지만, 살림살이가 나아졌다고 하지만 궁핍을 면하지 못한 사람이 대부분이던 1980년대 대학 진학은 특별한 일이었다. 대도시 거주하는 사람은 그나마 보고 들은 게 있어 사정이 어려워도 자식이 대학에 진학하도록 최선을 다해 지원하였지만, 시골은 아니었다. 시골에서는 자식, 특히 아들 많은 게 자랑이었으나 그 이유는 노동력 확보가 첫 번째 이유였다. 내가 살던 충남 부여군 충화면 만지리가 워낙 벽지인 이유도 있으나 동네에서 대학 진학한 사람은 당시 논 100마지기 가진 면 내 최고 부자 외에는 없었다.

중학교 고등학교 진학도 자신하지 못하던 내게 대학 진학 희망이 있었을 리 없었다. 우스운 건 당시에도 대통령이나 장군을 꿈꾸고 있었다는 사실이다. 대학도 나오지 않고 대통령이나 장군을 꿈꾸다니 어처구니없지 않은가? 세상 물정 모르는 순진한 시골아이가 아니라 무지의 극치를 달리는 맹아였다.

금오공고에 합격하여 기숙사 신동에서 1학년 1학기를 보낼 즈음 동기생은 대부분 대학 진학을 준비하였다. 가난하였지만 꿈이 많던 친구들이었다. 학교 명성을 듣고 금오공고에 온 사람도 있었으나, 대부분 졸업할 때까지 한 푼도 들지 않는다는 백 퍼센트 국비 장학생이 입학 동기였다.

처음에는 그들을 비웃고 백안시하였으나 얼마 후에는 나도 거기에 물들었다. 처음 치른 월말고사가 원인이었다. 전국에서 모인 영재라고 하여 잔뜩 주눅이 들었으나 반에서 5등, 전자공학과 전체에서 20등 안에 들었다. 반에서 40등, 50등 하는 친구도 대학에 간다고 취침 시간에 도서관에 가는 판이라서 고민이 될 수밖에 없었다. 희박한 가능성에 소중한 청춘을 바칠 것인가? 독서나 하면서 즐겁게 보낼 것인가?

결심하는 데 많은 시간이 필요하지 않았다. 다시 오지 않을 인생인데 시도조차 하지 않는다면 자신에 대해 너무 무책임한 게 아닌가? 열심히 하다 보면 목표에 이르지 못하더라도 근처까지는 가지 않겠는가? 실업계 고등학교, 공고에 다니면서 사관학교나 서울대학에 가는 건 낙타가 바늘귀 통과하듯 어려운 일이지만 불가능한 건 아니다. 이미 사관학교에 진학한 선배가 여럿이었다.

현재 대통령은 육사 출신이지만 서울대에 가자. 민주화에 대한 국민의 여망을 고려하면 언제까지 육사 출신이 대통령 할 수는 없으리라. 졸업 후 서울대에 바로 갈 수 없으므로 합격만 해 놓고 부사관 의무복무가 끝나는 5년 후에 학업 하자. 만약 서울대 갈 실력이 안 된다면 육사에 가자. 대통령은 못 하더라도 대장은 할 수 있지 않겠는가? 이것이 내 생각이었다.

사람은 누구나 자신을 과대평가한다. 아무리 못난 사람도 스스로 평범 이하로 평가하지 않는다. 타인은 실적으로 평가하나, 자신은 가능성으로 평가하는 데 따른 잘못이다. 자신의 미래에 무한한 가능성을 부여한다. 하긴 부질없지만 그런 희망이 있기에 고단한 현실을 버텨내는 것 아니겠는가? 재능이 뛰어나지 않았으나 오기와 끈기로 누군가에게 뒤지는 걸 죽기보다 싫어했던 나의 무모한 도전이 시작되었다.

일과는 6시에 기상 및 점호, 7시 조식, 8시부터 12시까지 오전 수업, 13시부터 17시까지 오후 수업, 19시부터 21시까지 자습, 21시 30분 점호 및 22시 취침이었다. 취침 시간인 22시가 되면 매일 도서관으로 향하였다. 새벽 두세 시까지 독학하는 게 습관이 되었다. 잠자는 시간이 서너 시간밖에 되지 않아 늘 졸린 상태였다. 그래서 전공 이론과 실습 시간에는 졸거나 눈치껏 수면을 보충하였다.

가난한 나라에서 국가 미래를 위하여 막대한 비용을 투자하여 가르치는 전공 수업을 등한히 하는 게 미안하였으나, 기술자나 과학자가 전혀 안중에 없었기에 어쩔 수 없었다. 관운장이나 조자룡 같은 뛰어난 무장이 되는 게 1차 목표였고, 최종적으로는 대통령이 목표였다. 2년 동안 수학 정석과 영어 완전정복만 붙들고 살았다. 지능이 높지 않은 내가 독학하기에는 불가능에 가까운 영역이었으나 포기하지 않고 2년 동안 영어 수학에 매달렸다.

중학교 진학을 희망할 수 없었고, 꿈도 꾸지 않던 고등학교에 진학하였으나 인간의 욕망은 끝이 없다. 하긴 꿈과 희망이 없는 인간은 인간이 아닐 터였다. 더 나은 미래를 상상하지 않는 사람이 있는가? 대부분 동기생과 마찬가지로 대학 진학으로 가닥을 잡았다.

그 결과는 알 수 없었으나 일단 당장은 행복하였다. 늦은 밤, 아니 이른 새벽에 도서관을 나설 때 어디론가 나아가고 있다는 느낌에 뿌듯하였다. 서너 시간밖에 자지 못하여 몸이 피곤하였을 터이나 마음이 거뜬해서인지 피로를 몰랐다. 목표를 달성하는 순간 기분이 최고조에 이를 테지만 아마 오래 지속하지는 않을 것이다. 목표에 이르기까지의 긴 시간이 어려움 속에 하는 상상의 힘으로 오히려 행복하다. 꿈을 향한 여정은 즐거웠다.

두 동기생

    나는 전자공학과 네 반 중 3반이었다. 아마 입학 성적순으로 편성했을 반이었기에 3반이 특별할 리 없었다. 전자공학과 1등은 1반일 테고 2등은 2반에 편성되었을 것이다. 3반에는 3등과 6등이, 4반에는 4등과 5등이 배정되었을 것이다. 논리적으로는 우리 반에 전자공학과 전체에서 입학성적 3위와 6위가 있는 셈이다.

    성적이 무의미하지는 않지만 절대적이지도 않다. 올림픽에서 기록으로 등수를 매기지 않고 같은 장소에서 경주해서 앞서는 자에게 메달을 수여하는 이유가 무엇이겠는가? 현재 성적이 월등하더라도 과정이 공정하지 않았을 것이다. 부유한 자는 과외와 여러 참고서를 활용했을 것이고, 굶주림에 허덕이던 자는 공부에 신경조차 쓸 겨를이 없었을지도 모른다. 과거 성적이 참조할 가치는 있지만, 현재 실력을 담보하지는 않는다는 의미다.

    하긴 지난 2018년 러시아 월드컵에서 FIFA 랭킹 57위인 한국이

1위 독일에 승리하지 않았던가? 승리보다는 8대 0으로 패할 확률이 높았던 경기였지만, 결과는 2대 0 승리였다. 순위는 항상 과거의 결과다. 성적이나 실력이 갑자기 향상될 리 없다는 데서 순위가 중요한 의미를 부여하지만, 각자 다른 과정을 걷기에 승부의 결과는 일정하지 않다. 그와 같은 이변이 있기에 충분히 결과가 예상됨에도 승부를 지켜보고, 스포츠가 존재하는 이유 아니겠는가?

첫 월말고사는 중요한 이정표였다. 금오공고 입학에 성공하였지만 내 성적 수준은 알 수 없는 터였다. 나는 대학 진학을 고려하지 않았지만, 다수 동기생이 대학 진학을 목표로 한다고 해서 머릿속이 혼란한 상황이었다. 중간 정도를 예상하였는데 의외로 반에서 5등, 과 전체에서 20등 안에 들었다. 자신감이 급상승하였다. 포장도로도 없는 부여에서 멀리 떨어진 두메산골 촌놈이었고, 금오공고가 센 학교라는 소문을 들었기에 중간이라도 감지덕지할 판이었다. 생각이 바뀌지 않을 수 없었다.

이해할 수 없는 건 내 성적뿐만이 아니었다. 당시 전자공학과 전체 1, 2위가 모두 우리 반이었는데 뜻밖이었다. 1등은 같은 내무실을 사용한 이송혁이었고, 2등은 옆 내무실을 사용한 김일준이었다. 이송혁과 김일준은 외모나 언행이 썩 두드러지는 편이 아니었다. 습관이나 행동도 완전 딴판이었다. 이송혁은 평범해 보였고 김일준은 기이한 편이었다. 이송혁은 평균적으로 공부하였지만, 김일준은 수업 시간과 자습 시간 외 공부하는 법이 없었다. 시험 보기전날에도 남 도서관 가는 시간에 그대로 취침하였다.

처음 본 시험이었고 그 성적이 그래도 유지되리라 예상한 사람은 없으리라. 그런데 특이하게도 다른 모든 사람의 성적이 등락해도 두 사람은 변동이 없었다. 항상 전자공학과 1등과 2등은 두 사람 차지였다. 내 기억이 왜곡되었을 수도 있으나, 두 사람에 대한 인상이 너무 강하게 각인되어 관심과 연구의 대상이었으므로 아마 사실일 것이다.

나는 평범한 재능이었으나 오기나 끈기로 도전하였지만, 아무리 노력해도 도저히 넘을 수 없는 사차원의 벽, 요즘 말로 '넘사벽'이었다. 둘 다 천재였겠지만, 시험을 준비하는 태도가 완전히 딴판인 전혀 다른 유형의 천재였다. 아마 일준이가 노력하였다면 순위가 바뀌었을 수도 있었을 것이다. 그러나 일준이는 끝까지 자기 방식을 고수하였다. 알 수 없는 게 사람 마음이다. 1등을 간절히 원하는 나로서는 일준이를 이해할 수 없었다.

실력 차이가 거의 없었다면 매일 두세 시까지 공부하는 내가 따라잡을 수 있을 테지만 그게 내 한계였다. 2학년 말까지 열심히 공부하였으나 반에서는 5등, 과에서는 20등 언저리가 언제나 내 순위였다. 일정한 수준에 있는 사람이 비슷한 환경에서 비슷하게 노력하면 차이를 좁히는 게 얼마나 어려운지 깨닫는 순간이었다.

이송혁과 김일준으로 하여 천재에는 종류가 있다는 걸 알게 되었다. 전혀 노력하지 않고 2등 하는 천재가 있는 반면에 적당히 노력해도 언제나 1등 하는 천재 말이다. 공부하기 싫은 내 처지에서는 두 사람이 부러웠지만, 내가 어찌할 수 없는 운명이었다. 나는

2학년 말부터 학업을 포기하여 3학년 성적이 급락하였지만, 이송혁과 김일준은 졸업할 때까지 그 순위를 유지하였다. 불가사의한 천재 친구였다.

운동

    금오공고에 입학 전까지 일부러 운동한 적은 없었다. 초등학교 입학 전까지는 동네에서도 1㎞ 떨어진 산속 독립가옥에서 살았기에 동네까지 가서 노는 자체가 충분한 운동이 되었다. 초등학교는 4㎞ 떨어진 임천초등학교에 다녔다. 고개를 두 개 넘어야 하는 등하교 자체가 운동이었다. 운동화와 책가방이 없었기에 책보를 대각선으로 메고 땀이 나면 자꾸 벗겨지는 검정 고무신은 두 손에 움켜쥐고 달리곤 했다. 그래서 충화면 만지리 친구는 몸이 튼튼하고 운동을 잘했다. 문명의 혜택을 받지 못한 두메산골 소년은 건강을 선물로 받았다. 운동회 때 단거리든 장거리든 달리기 상은 동네 사람이 휩쓸었다.

    중학교는 더 멀리 떨어진 임천중학교에 다녔다. 멀다고는 하지만 가장 가까운 중학교였다. 8㎞ 거리를 매일 걸어서 다닐 수는 도저히 없었다. 여학생은 2㎞ 거리에 있는 버스정류장까지 걸어서 버스로 통학하였으나, 가난한 시골에서 매일 버스를 타는 건 부담이다. 대부분 남학생은 자전거로 통학하였다. 자전거값이 만만치 않았으나 한 번 사면 3년간 쓸 수 있었으므로 비용이 절감되었다. 중간에 좁은 농로가 많아 넘어지는 게 예사였으나 매일 8㎞ 자전거 왕복은 운동량으로 충분하였다.

별도 운동을 한 적이 없었으나 금오공고 기숙사에서 학과장까지는 불과 500m 거리였으므로 전혀 운동이 되지 않았다. 먹는 건 하루 다섯 그릇씩 충분히 먹고 운동은 하지 않으므로 순식간에 몸무게가 불었다. 60kg에 불과한 몸무게 느는 건 큰 문제가 아니었으나, 이미 받은 옷이 작아 불편하였다. 먹는 걸 줄일 수는 없었으므로 운동을 해야 했다.

사실 몸무게 유지를 위해서가 아니더라도 운동은 해야 한다. 박정희 전 대통령이 체력은 국력이라고 강조하였지만, 체력이 약해서는 할 수 있는 일이 별로 없다. 요즘 같은 정보화시대가 아니었다. 어떤 일이든 기초체력이 필요했다. 여성 임금이 남성보다 낮은 이유도 노동력 차이였다. 화석연료를 동력으로 사용하는 요즘이야 여성이라고 해서 남성보다 특별히 못 할 일도 없으나, 당시에 50kg 100kg을 여성이 옮길 수는 없었다.

가능성이 없는 망상이었으나 내심 장군과 대통령을 꿈꾸는 사람으로서 보통 남자보다 체력이 떨어질 수는 없는 노릇이었다. 장군과 대통령이 완력으로 되는 건 아니겠으나, 경쟁자를 이기기 위한 온갖 다툼에는 강한 체력이 필요할 터였다. 비가 오지 않는 날은 연병장에서 일조 점호를 하였다. 점호가 끝난 후 400m 트랙 연병장 다섯 바퀴를 돌았다. 매일 2㎞ 구보를 습관화한 것이다.

세상에 대하여 무지할 때였다. 요즘처럼 인터넷은 고사하고 읽을 책도 없던 시절이었다. 그렇게 독서를 좋아하였으나 일 년에 새로운 책 열 권 읽기가 힘들었다. 장래 직업과 준비해야 할 걸 알려주는 사람은 없었다. 부모님도 선생님도 공부 잘하란 말 외에는 없었다. 공부 잘하는 것이 곧 성공으로 알았다. 당시에는 어느 정도 사실이기도 하였다.

돈을 버는 것이 직업이고, 직업을 갖는 이유가 생계를 위해서라는 것도 모르는 세상 물정 전혀 모르는 촌놈이었으나, 본능적으로 가정이 궁핍하여 부모 형제 도움을 받을 수 없는 처지에서 스스로 일어서지 않으면 안 된다는 걸 알았다. 그것이 삶의 원동력이었다.

쓰러지면 안 된다. 한 번 자빠지면 일으켜줄 사람이 없다. 모든 사람에게 모든 걸 이길 수는 없더라도 누구에게도 져서는 안 된다. 이길 수 없으면서 져서는 안 된다는 말이 일견 모순인 것 같아도 이길 수 없는 것이 지는 것과는 다르다. 확실하게 이기지 못하더라도 완패해서는 안 되는 것이다. 최소한 대등한 수준은 되어야 한다.

인생에서 누구에게도 지지 않으려면 무엇을 해야 하겠는가? 체력 단련과 공부뿐이다. 어떤 재능이든 선천적이지만, 타고나지 못한 재능이야 사람이 어쩔 수 없는 노릇이고 할 수 있는 건 노력뿐이다. 남이야 어쨌든 나는 내가 할 수 있는 최대한의 노력을 했다. 노력해도 안 되는 거야 어쩔 수 있겠는가? 진인사대천명 아니겠는가?

내 인생의 바이블인 삼국지에도 나온다. 촉나라 제갈량이 호적수인 위나라 사마의를 계교로 협곡으로 유인하여 화공 하였으나, 천만뜻밖에도 때아닌 폭우가 내려 사마의 삼부자는 구사일생하여 도주하였다. 이때 제갈량이 탄식하였다.

"일은 사람이 꾸미지만 결과는 하늘의 뜻이로다."

내가 가야 할 방향으로 꾸준히 걷되 도달하는가는 내 소관이 아니다. 운명의 여신이 나를 가엽게 여긴다면 다소라도 성취하리라. 설령 이룰 수 없더라도 내가 꿈꾸는 길을 가지 않는다면 다른 무엇을 하겠는가? 결과를 고민할 이유는 없다. 가야 할 길이라면 질주하다가 힘들면 그저 쉬엄쉬엄 걸어갈 뿐이다.

실습

공고나 상고, 농고를 실업계 고등학교라고 한다. 고등학교 졸업 후 대학 진학을 목표로 하는 게 아니라 관련 업종에 취업을 목적으로 하는 학교다. 요즘이야 특별한 일이 없는 한 대부분 대학 진학을 목표로 하기에 실업계 고등학교가 적고 인기도 낮지만, 시골에서 대학 가는 사람은 가뭄에 콩 나듯이 드물었기에 칠십년대에는 오히려 실업계 고등학교가 인기가 있었고 경쟁률도 높았다.

프로야구 출범 전인 칠십년대에는 성인이 하는 실업 야구보다 고교야구가 인기였는데, 김건우·박노준의 선린상고, 장효조·이만수·김시진의 대구상고, 역전의 명수로 유명한 김봉연·김준환의 군산상고가 강팀으로 명성으로 날렸고, 이외에도 덕수상고, 부산상고, 경남상고 등 야구로 유명한 상고가 많다.

상고보다 상대적으로 늦게 출발한 공고는 스포츠로 명성을 떨치지는 못했으나, 박정희 전 대통령의 공업 입국 전략에 따라 정부의 전폭적인 지원으로 인기가 급상승하였다. 전액 장학금이었던 금오공고 수도전기공고 외에도 도별로 기계공고가 설립되어 상당한 장학금이 지급되었다. 대학 진학을 목표로 하는 사람이 극소수인 상황에서 실업계 고등학교 경쟁률이 더 치열할 수밖에 없었다.

팔십년대에는 칠십년대보다는 경제 상황이 많이 나아져서 대학 진학 희망자가 급증하였으나, 이런저런 사정으로 2년제 전문대 이상 진학자는 삼십 퍼센트에 못 미쳤다. 명문대가 아니라도 대학을 졸업하는 자체로 신분이 상승하던 시절이었다. 칠십년대에는 장래 희망이나 학교 명성에 이끌려 실업계 고등학교에 진학하는 사람이 상당하였으나, 팔십년대에는 가정형편이 어려운 사람이 대부분이었다.

취업을 목적으로 설립된 학교가 실업계 고등학교였으므로 인문계 고등학교와는 교과가 사뭇 달랐다. 인문계 고등학교는 배점이 높은 국어, 영어, 수학 위주에 기타과목을 더하여 편성하였으나, 실업계 고등학교는 인문계열 과목은 삼십 퍼센트 수준이었다. 1/3은 전공 이론, 1/3은 전공에 대한 실습이었다. 목적에 맞는 교과 편성이었으나 이래서는 취업이 아닌 대학 진학은 꿈같은 이야기다.

금오공고를 설립한 정부와 세금을 내는 국민에게는 미안하지만, 공업과 기술에는 전혀 취미가 없었기에 실습 과목은 잘 기억이 안 난다. 무선통신, 자동제어, RTV 등이 있었던 거 같은데 무엇을 배우고 실습하였는지 기억이 희미하다. 무슨 장비를 걸어서 오실로스코프에 나타나는 주파수를 관찰한 기억과 간단한 전자회로를 보고 기판에 납땜으로 배선하여 전구에 불이 들어오는지 확인하였던 기억이 난다.

　높은 지능과 탁월한 재능을 타고나지 못하였으나 한번 마음먹으면 끈질기게 몰입하는 성질이 있었다. 금오공고에 입학 전에는 상상조차 한 적이 없었으나 서울대나 육사에 진학하겠다는 목표를 가진 이상 전공 이론이나 실습에 몰두할 마음은 없었다. 새벽 두세 시까지 개인 공부하는 대신 수업 시간에는 졸거나 틈만 나면 엎드려 잤다. 특히 실습장은 공간이 넓고 실습대가 크고 높아 시선을 피할 공간이 있었다. 부끄럽지만 나에게 금오공고 수업 시간은 쉬는 시간이었다. 충분히 휴식해야 자습, 취침 시간에 본격적으로 공부할 수 있을 터였다.

　당시 내신성적을 포함할 때였으므로 수업 시간에 딴전을 피우더라도 성적은 올려야 했다. 실습 평가가 저조하였으므로 전체적으로 최상위권은 아니었으나, 시험 기간 일주일은 밤새 이론 과목을 공부하였으므로 상위권은 유지하였다. 격물치지가 학업의 근본이겠으나 주관이 뚜렷하여 목적하는 바가 아니면 관심을 두지 않았으므로 어쩔 수 없는 선택이었다. 근본원리를 깨우치지 않은 수박 겉핥기식 순위 올리기 위한 당일치기 공부는 두뇌에 어떤 기억도 남기지 않았다.

　이런 태도는 고등학교에서 끝난 게 아니라 대학에서도 이어져서 전자공학을 전공했음에도 실생활에 어떤 도움도 되지 않는다. 사무실에서 컴퓨터 설치나 배선도 다른 사람에게 미루었고, 집안에서도 가전제품 설치나 작동은 모두 아내가 맡는다. '무선통신' '전자기기' 'RTV' 기능사 세 개를 가지고 있는데도 말이다. 기능사 자격증이 없으면 금오공고 졸업 자격을 주지 않았으므로 전원 기능사 자격증을 취득해야 했다.

돌이켜 생각하니 실습 선생님 몰래 수면한 게 죄송하고, 비싼 수업료를 탕진한 것 같아서 국민에게 송구하다. 이공계에 전혀 매력을 못 느꼈고 국민을 이끌고 대한민국의 영광을 일군다는 것만이 관심사였던 나로서는 별다른 방법이 없었다. 여러 실습 선생님 이름도 기억나지 않지만, 사죄를 드린다.

"선생님, 죄송합니다. 모르셨는지 알고도 모른 척하셨는지는 모르지만, 덕분에 무사히 성장하였습니다. 세상에 이름을 떨칠 정도로 성공하지는 못했으나 죽는 날까지 노력하겠습니다. 당대 최고의 실력 있는 선생님을 능멸한 죄로 기술자가 아닌 문학으로 이름을 남기겠습니다. 건강하게 장수하셔서 지켜보시기를 소원합니다."

전자공학 실습을 죽도록 싫어했던 청년 조자룡은 금오공고를 졸업했음에도 공학이나 기술에는 문외한이다. 인간은 관심 분야가 아닌 한 발전이 없다. 죽을 둥 살 둥 노력해도 될동말동한데 몰래 숨어서 잠이나 자려고 하였으니 뇌리에 쌓이겠는가?

현재는 최선의 결과다. 선택이 잘못이고 과정에 실수가 있었더라도 현재는 최선의 결과다. 미래에 더 발전하고 향상된 모습을 보인다면 현재 성공하지 못했더라도 좌절할 일이 아니다. 과거를 가슴 아프게 후회하기보다는 미래를 꿈꿔야 한다. 대통령이 될 수도 없고 되어서는 안 되는 허황한 꿈이었다면, 훌륭한 작가가 돼야 하리라. 무용으로 삼국지 조자룡에 미치지 못하였지만, 필명으로 능가해야 하리라.

기계공학과

    기계의 역사는 뿌리 깊다. 인류가 수렵 채집 생활에서 농경 문화로 전환기에 결정적인 역할을 했을 것이다. 도구가 작동장치인 기계로 발전하는 순간 인류의 생산성은 크게 향상하였다. 농업혁명과 산업혁명은 기계의 등장과 발달에 힘입은 바 크다.

    산업혁명 시기까지 인류문명 발전의 주축 역할을 하던 기계는 현대에 접어들면서 새로운 학문에 밀렸다. 2차 세계대전 시기까지 근대화를 주도하던 기계공학은 전자공학, 화학공학, 생명공학, 정보공학 등 새로운 학문에 주도권을 내주었다. 세분화, 다양화하였으나 거대한 동력장치의 근본은 기계공학이다.

    금오공고는 480명 신입생 중 240명이 전자공학과로 숫자에서 압도하였으나 활동 면에서는 120명에 불과한 기계공학과에 힘을 쓰지 못했다. 금속공학과와 판금공학과는 60명 소수 인원으로 대등한 경쟁이 어려운 형편이었다.

전자공학과와 기계공학과는 여러 면에서 상대적이다. 전자공학이 축소 지향적이고 개인적인 학문이라면 기계공학은 확대 지향적이고 상호 협력이 필요하다. 전자공학이 단소경박(短小輕薄) 미시세계를 연구한다면 기계공학은 중후장대(重厚長大)의 거시세계를 구상한다. 대표 기업으로 전자는 삼성전자, LG전자, SK하이닉스가 있고, 기계는 현대중공업, 삼성중공업, 대우조선해양이 있다.

환경은 인간을 변하게 한다. 상대적으로 작은 실내 공간에서 손바닥 크기 기판에 납땜이나 하는 게 전자공학 실습이다. 공동으로 작업할 만한 게 없다. 기계공학은 실습 장소부터 다르다. 교실이 아니라 거대한 공장을 방불케 한다. 밀링 선반 연삭 실습 장비는 크고 무겁고 작동할 때 굉음을 낸다. 혼자 들 수 없는 재료나 장비도 많다. 전자공학이 여성적이라면 기계공학은 남성적인 기술 또는 학문이다. 자연스럽게 기계공학과 사람은 육체의 발달과 함께 힘든 일을 협력하는 외향적 성격으로 발전한다.

내가 금오공고 입학 전에는 봄가을 체육대회는 과별 대항이었다. 인원수로 압도적인 전자공학과 우승을 예상하지만, 거의 기계공학과 우승이다. 소속공동체가 타의 추종을 불허할 정도로 압도하기를 바랐던 전체주의자였던 나로서는 그러한 사실이 불만이었다. 누군가를 중심으로 단합하면 승리하겠지만, 사실 단합할 동기나 이유가 없었다. 순전히 내 개인의 전체주의 가치관에 따른 불만이었을 뿐이다.

인구 15억 명에 가까운 중국은 최근에야 스포츠 강국이 되었으나 인기 종목인 축구에서는 후진국 수준이며, 비슷한 인구 규모를 자랑하는 인도는 스포츠에서 내세울 게 없다. 경기 결과는 인구에 비례하지 않는다. 국민 관심과 경제력과 연관이 있다. 기계공학과 강점은 물리적 힘을 사용하고 협력해야 하는 환경에서 발달한 체력과 승부 근성이었다.

여러모로 기계공학과가 내 기질에 부합하였으나 향후 발전성이라는 어처구니없는 이유로 선택한 전자공학과는 평생 라이벌인 기계공학과 출신을 연구하게 하였다. 기계공학과는 학교 다닐 때만 라이벌이 아니었다. 장교로 임관한 군에서도 병과(특기)를 갈랐다. 전자계열 전공자는 통신 전산 무장 특기를 받은 데 비해 기계계열 전공자는 주로 항공정비였다.

고등학교 때는 운동에서 이길 욕심으로 기계공학과를 연구하였으나, 군에서는 비슷한 업무를 하면서 특기만 나누어진 상태라 라이벌 의식이 더 강했다. 내가 아니라 무장과 정비분야 선배 장교가 그렇게 가르쳤다. 사실 진급이나 분야 발전을 위해서는 상대 영역을 가로채야 하는 게 현실이었다. 본의 아니게 군에서도 기계공학과 전공자의 특성을 연구해야 했다. 기계공학과는 나와는 떼려야 뗄 수 없는 관계였다.

군가(軍歌)

4월까지는 군사학 학습 내용이 주로 이론과 제식훈련이었다면 5월부터는 하계 병영훈련에 대비한 실습이었다. 군 훈련소에서 배우고 익히는 모든 과목에 대하여 교육하였다. 연무형 16개 동작, 포복, 철조망 통과, 유격훈련과 총기 분해·조립을 숙달하였다. 실사격을 제외한 모든 과목에 대하여 교육하였다.

군사학 시간에는 군가도 배웠다. 군가가 음악에 포함되는지는 몰라도 피아노 반주에 맞추지는 않는다. 조교가 한 소절을 선창하면 따라 하는 식이었다. 음악에 문외한인 데다가 혐오까지 하는 나로서는 피아노 반주에 맞추지 않는 것 자체가 좋았다.

모든 곡이 처음 접하는 군가였으나 음악 시간에 배웠던 노래나 유행가에 비교하면 따라 부르기가 쉬웠고 가사나 가락이 맘에 들었다. 하긴 적군을 섬멸하는 용장을 꿈꾸는 철부지 소년이었기에 젊은이 피를 끓게 하는 게 목적인 군가가 안성맞춤이었을 것이다.

탤런트 나시찬이 주인공으로 출연했던 KBS 드라마 '전우'를 보면서 눈물을 뿌렸던 소년에게 군가는 단박에 깊이 몰입하게 하였다.

멸공의 횃불

아름다운 이 강산을 지키는 우리
사나이 기백으로 오늘을 산다
포탄의 불바다를 무릅쓰면서
고향 땅 부모 형제 평화를 위해
전우여 내 나라는 내가 지킨다
멸공의 횃불 아래 목숨을 건다

'아름다운 이 강산을 지키는 우리', 첫 소절부터 듬뿍 피를 끓어오르게 한다. 아름다운 이 강산을 우리가 지키지 않으면 누가 지킬 것인가? 군대가 제 역할을 하지 못해 고난에 빠졌던 민초(民草)를 역사에서 무수히 확인하지 않았던가?

'포탄의 불바다를 무릅쓰면서 고향 땅 부모 형제 평화를 위해', 포탄의 불바다는 두렵지만 나아가야 한다. 영화에서 장렬하게 전사하는 주인공을 보면서 맹세하지 않았던가? 민족과 나라를 위해서 기꺼이 헌신하겠노라고. 더구나 뒤에는 지켜야 할 부모 형제가 있다. 장렬하게 죽어야 할 이유는 충분하다.

음악 교과서 노래나 유행가 외우는 데는 많은 어려움이 따랐으나 신기하게도 군가는 금방 외워졌다. 소유한 가치관과 분위기가 비슷해서였을까? 40년이 지난 지금도 가사와 음정 가락이 기억에 생생하다. 〈멸공의 횃불〉 외에도 〈사나이 한목숨〉, 〈용사의 다짐〉, 〈전우〉, 〈진군가〉, 〈진짜 사나이〉, 〈푸른 소나무〉, 〈행군의 아침〉 따위 군가가 생각난다.

방학 때 부여 두메산골 충화면 만지리 고향에 가면 밤에는 칠흑같은 어둠이었다. 인가와 1㎞ 이상 떨어진 산속 독립가옥이었던 집에 늦은 밤 혼자서 가려면 무서웠다. 지금은 그렇지 않지만, 무속신앙과 불교를 오가는 어머니 영향으로 희미하게나마 영혼의 존재를 믿었고, 천당이나 지옥에 가지 못해 떠도는 영혼 즉 귀신의 존재를 믿었다.

영혼이나 귀신을 믿지 않게 된 건 과학을 탐구한 덕이다. 독서는 양보다 질이 중요하다. 무수하게 발간되는 책을 마구잡이로 읽어서는 효과가 떨어진다. 확실하게 도움이 되는 건 인문학 고전, 문사철(문학·역사·철학)과 과학이다. 문사철(文史哲)이 인류 역사 지혜의 보고라면 과학은 새로운 지식이다. 역사에 등장하는 위인이 모르는 유일한 분야다.

150억 년 전에 빅뱅이 있었다고 한다. 46억 년 전에 태양계가 생성되었고, 38억 년 전에 최초로 생명이 발생했다고 한다. 인류 역사는 불과 600만 년 전이다. 영혼이 있다면 인간에게만 있을까? 그렇다면 600만 년 전에 갈라선 침팬지는 어떤 존재일까? 인간 이전 생명체인 1억 년 전이나 10억 년 전에는 영혼이 아닌 무엇이 있었을까? 왜 인간에게만 영혼이 있고 죽어서 천당이나 지옥에 간다는 것일까?

인간이 석기시대 씨족과 부족사회를 넘어 큰 공동체로 발전하기 위해서는 공통의 신화가 필요했다. 공동체를 하나로 묶어줄 사상이나 종교가 필요했다. 종교는 거대 사회로 발전하기 위하여 구성원을 묶어줄 연결고리였다. 사물에 대한 개념과 자신의 뿌리가 같다고 공감하는 것, 그것이 민족의 시초다. 영혼은 없다, 따라서 귀신도 없다. 마흔이 넘어서야 어둠이 두렵지 않았다. 영혼과 귀신이 없다는 걸 확신한 다음 일이다.

시골에는 고개나 골짜기마다 전설이 있다. 대낮에는 아무렇지도 않으나 어둠은 인간의 용기를 하찮은 것으로 만든다. 호랑이나 귀신 따위가 연상될 때 큰 소리로 군가를 불렀다. 박력 있게 군가를 부르면 나도 모르게 힘이 났다. 열일곱 청소년이 정체를 알 수 없는 공포에 떨 때 군가는 큰 힘이 되었다. 확인되지 않은 악마나 귀신을 마음에서 쫓아내는 데 대성박력으로 부르는 군가가 효과적이었다. 군가는 두려움을 쫓는 최신 병기였다.

불침번

    '불침번'은 군에서 취침 시간에 잠을 자지 않고 교대로 경계 근무하는 사람을 가리킨다. 전쟁터에서 적의 야습을 경계하기 위해 만들어진 제도였으나 평시에는 화재나 도난 방지의 임무가 부여되었다.

    제도로 정착하여 전후방을 가리지 않고 모든 군부대에서 적용하지만, 전시나 접적 지역이 아니라면 사실상 불필요하다. 기강이 선 부대에는 불필요한 제도지만 사건 사고 발생 시 책임질 사람이 필요하다. 다수 병력을 지휘하는 지휘관 책임을 덜어주는 역할을 한다. 불침번을 운영하는 자체가 사건 사고 예방행위에 속한다. 남모두 자는 한밤중에 홀로 경계 근무해야 하는 불침번은 현역 장병에게 큰 고역이다.

    금오공고가 졸업 후 부사관으로 임용하고 군사학을 배우는 준 군사학교였어도 일반 고등학교와 같은 기숙사 생활이 무방했을 것이다. 굳이 군대처럼 야간 경계 근무하지 않더라도 큰 문제는 없었으리라. 웬일인지 한 번 정해지면 필요성 여부와 무관하게 좀처럼 고쳐지지 않는 게 제도절차다. 통제하기 쉽지 않은 3학년은 유명무실하였지만 1~2학년은 철저하게 시행되었다. 선생님의 감시 감독보다도 간혹 선배가 불침번 근무를 확인할 때가 있었다. 물론 제대로 서지 않아 적발되면 구타와 얼차려가 당연하였다.

운이 좋아서 첫 번째나 마지막 근무라면 취침 시간이 좀 늦어지거나 기상 시간이 조금 빨라질 뿐이어서 무리가 없었으나 중간에 서게 되면 잠을 설치게 되어 다음날 종일 피곤하였다. 처음 두 번째나 마지막 두 번째도 괜찮을 것 같으나 한 시간 자고 일어나기도 어렵고, 근무 후 한 시간만 자는 것도 곤란하여 중간과 별반 차이가 없었다.

누구나 싫어하는 불침번 근무였으나 중간에 끊기면 다음 사람을 깨우지 않은 사람이 책임을 져야 했으므로 반드시 자기 시간을 채우고 다음 사람을 세우고 자야 했다. 보통은 불침번 교대가 큰 문제 없이 이루어졌으나 종종 해프닝이 벌어졌다.

사람은 모두 다르다. 외모나 체형뿐만 아니라 사고방식도 성격도 전부 다르다. 전자공학과 1반 2호실에 상주에서 온 친구가 둘 있었다. 경상도지만 충청도에서 가까워서 그런지 말하는 어투나 속도가 충청도에 가까웠다. '~했어유, 했슈'가 아니라 '~했어여, 그래여, 안 그래여'라고 하는 차이가 있을 뿐이었다. 인만근과 김효준은 옆자리였다. 인만근은 평소 착하고 순하기가 이를 데 없어 누구에게 험한 말 한마디 하는 법이 없었다. 김효준도 우스갯소리는 곧잘 하였지만 순박하기는 마찬가지였다.

어느 날 자는데 '짝~'소리가 나서 깜짝 놀라 일어났다. 나뿐만 아니라 호실 사람 대부분이 놀라 일어났다. 그 착한 순둥이 만근이가 효준이의 뺨에 싸대기를 한 대 올려붙이고 도로 누워 자는 것이었다. 어리둥절한 효준이는 눈만 껌뻑일 뿐이었다.

"와 이라는데?"

누군가의 질문에

"다음 불침번이 만근이 아이라? 시간 다 돼가 깨웠더니마는 까딱도 안 해여. 나도 자야 하는데 우야노? 일어나라고 마구 흔들었더니마는 느닷없이 일어나가 한 대 갈기고 도루 누워 잔다 아이가."

우리는 배꼽을 잡고 웃었다. 황당한 건 모두가 요절복통 파안대소를 하는 데도 때린 당사자는 깊은 잠에 빠져 있다는 것이었다. 아닌 밤중에 홍두깨라고 난데없는 따귀 소리에 잠 깬 우리는 실컷 웃다가 잠이 들었지만, 효준이는 잘 수 없었다. 깨워도 일어나지 않는 만근이 몫까지 불침번을 서고 다음 사람을 깨운 후 자야 했다. 효준이는 착한 친구였다. 나라면 수단·방법을 가리지 않고 기어이 만근이를 깨웠으리라.

다음 날 지난 밤 소동을 화제로 시끌벅적하자 만근이가 한 말이 한 번 더 웃겼다.

"내는 잘 때 깨우는 사람이 젤로 싫데이. 잠자는데 방해하모 인정사정없다."

만약에 만근이가 평소 성격이 까칠하고 모난 데가 있었다면 대판 싸움이라도 벌어졌을 것이다. 워낙 말이 없는 순둥이라서 도저히 의도적인 행위라고는 여길 수 없었다. 그런 일이 있고 나서 효준이는 불침번 근무할 때마다 조심해야 했다. 매번 두 시간씩 불침번을 설 수는 없는 노릇이었으므로 깨우긴 깨워야 했다. 무방비 상태에서 따귀 맞지 않으려면 거리를 둔 상태에서 조심스럽게 깨워야 했다.

열일곱 어린 나이에 내무생활을 하려니 별의별 일이 다 있었다. 당시에는 부모와 떨어져 사는 객지 생활이 서글펐으나 지나고 나니 추억이다. 대수롭지 않은 일로 시시덕거리고 박장대소했던 천진난만했던 그 시절, 주름살 없이 희멀끔하던 홍안의 고등학교 친구가 그립다.

병영훈련 숙소

1982년 7월 말 금오공고 1학년 480명은 충북 증평에 있는 육군 군사훈련소에 입소했다. 이미 군사학 시간에 군복을 입고 훈련하였지만, 땡볕에 철조망으로 둘러쳐진 훈련소로 들어간다는 자체가 충분히 긴장감을 불러왔다. 말로만 듣던 '국군 아저씨가 훈련받는' 군사훈련소에 열일곱 소년병이 입소한 것이다.

정확히 기억나지 않지만, 학년별로 다른 훈련소에 입영한 것으로 기억한다. 대학교 ROTC 병영훈련 때는 공군 소속으로 1년 차와 2년 차가 함께 병영훈련을 하였는데, 그때의 폐해를 생각한다면 어떤 이유에서였는지는 모르나 훌륭한 결정이었다. 무더운 여름에 통풍이 안 되는 군복을 착용하는 것만으로 이미 고역인데, 그늘 한 점 없는 연병장에서 총 들고 훈련하는 건 말로 표현하기 힘들 정도로 고통이다. 쉬는 시간이나 야간에 선배의 특별교육까지 받아야 했다면 어린 청춘에게 너무나 가혹하였으리라.

요즘 훈련소는 아마 많이 바뀌었을 것이다. 당시 건물은 시멘트 블록으로 지어진 거대한 창고형 막사였다. 중앙 통로를 중심으로 양쪽으로 길게 침상이 있었고, 한 건물에 오륙십 명이 기거했다. 냉방장치는 천장에 설치된 서너 개의 고정형 선풍기가 전부였다. 벽이나 천장에 단열 처리가 되지 않아 훈련 끝나고 돌아오면 한증막이 따로 없었다. 소방차를 이용하여 시멘트와 석면으로 만들어진 슬레이트 지붕에 물을 뿌려야 겨우 숨 쉴 만하였다.

피서하러 온 게 아니라 훈련이었으니 힘든 게 당연하기는 하였으나 불편한 게 한둘이 아니었다. 가장 힘든 건 냄새였다. 신진대사가 활발한 젊은이가 야외활동을 하니 세포분열이 왕성할 터였다. 땀과 함께 배출된 죽은 세포는 모두 단백질이다. 동물 사체 냄새가 지독한 건 단백질이 부패할 때 생기는 냄새다. 탄수화물과 섬유질로 이루어진 식물은 지독한 냄새가 나지 않는다. 단백질이 썩을 때 나는 냄새는 닭똥 냄새와 비슷하다.

샤워할 물도 충분치 않아 샤워 시간도 불과 5분이었다. 어쩌면 샤워나 세면도 훈련의 일종이었는지도 모른다. 수도꼭지 수만큼 벌거벗은 상태로 대기하다가 '입실' 소리에 쏜살같이 들어갔다가 '샤워 끝' 소리에 뛰쳐나와야 했다. 비누 거품을 너무 바르면 제거할 시간이 없을 때도 있었다. 불운하게도 물이 시원찮게 나오는 샤워기 앞에 서기라도 하면 누구에게 하소연할 수도 없었다.

물이 충분치 않은데 빨래인들 제대로 할 수 있을 리 없었다. 제대로 닦지 못한 몸과 세탁, 헹굼, 건조가 완전치 않은 옷을 입은 사람에게서 나는 향기가 무엇이겠는가? 사람은 환경에 잘 적응하는 동물이다. 처음 시골에 가면 축사 냄새나 날벌레가 고역이지만 얼마 지나지 않아 적응한다. 축사 냄새가 심해도 며칠 지나면 견딜 만하다. 땀 냄새는 달랐다. 고약한 단백질 부패하는 냄새를 잊을 때는 숙소를 벗어나 야외에서 훈련할 때뿐이었다.

훈련받는 동기생만 고생한 게 아니다. 교관과 조교는 좀 더 나은 환경이었을 것이나 종일 훈련병과 생활해야 하는 그들의 고초도 마찬가지였다. 교관이나 조교라고 훈련병 땀 냄새가 역겹지 않을 리 없었다.

세계에서 가장 빠른 속도로 경제성장 하는 중이어서 사회는 하루가 다르게 변하고 있었으나, 사회와 격리되어 전혀 다르게 생활하는 군은 변화가 느렸다. 규모가 커서 한꺼번에 바꿀 수 없어서일 수도 있으나, 아마 군내에서도 훈련소에 대한 복지는 가장 나중이었으리라. 1982년 첫 병영훈련에서 가장 힘들었던 건 구타나 특별 훈련에 따른 육체적 고통이 아니라 동기생 땀으로 인한 악취였다.

병영훈련 식사

　어딜 가나 먹는 게 일이다. 아무리 배부르게 먹어도 얼마 지나지 않아 배고파 먹을 것을 찾아야 하는 게 생명체의 숙명이다. 생명 연장을 위해서는 반드시 먹어야 한다. 만물의 영장도, 목숨을 초개같이 여기는 충신열사도, 신출귀몰하는 지략을 가진 지도자도 배고픔 앞에서는 무용지물이다. 남녀노소 지위고하를 떠나서 때가 되면 먹어야 산다. 금강산도 식후경이다.

　1960년대 동네 어른을 만나면 충청도에서는 "진지 잡쉈슈?", 또래나 어린 사람을 만나면 "밥은 먹었는감?"이 인사였다. 물론 안 먹거나 못 먹었다고 하여 사실대로 말하지는 않는다. 그냥 인사니까……. 세 끼니를 제대로 못 먹을 때는 먹었느냐는 게 인사였다. 1980년대가 끼니를 거를 정도로 궁핍하지는 않았으나, 군 훈련소에서는 사정이 다르다.

　우선 식사 준비하는 취사병의 정신자세가 어머니와는 전혀 다르다. 어머니야 가난해서 굶주릴 때도 본인은 굶을망정 가족 먹일 궁리였으나, 취사병은 마지못해서 하는 사역일 뿐이다. 많은 병력에 맞추어 재료를 제대로 공급하는 게 쉽지 않으려니와 충분한 재료가 있어도 적절한 조미료와 조리 시간으로 입맛을 맞추고, 균등하게 분배하는 일이 쉽지 않다. 자율배식하는 요즘 세대는 이해 못할 힘든 일이 바로 먹는 일이었다.

훈련소에는 식당이 없었다. 어딘가에는 있겠지만 훈련병은 이동 배식 차량이 내려준 음식을 우리끼리 나누어 먹어야 했다. 식사에 필수적인 끝에 포크 형태의 세 홈이 있는 수저는 개별 지급되었다. 식사 후에 각자 알아서 세척해서 좌측 상의 주머니에 보관하였다. 훈련소에서 총기보다 중요한 무기체계가 바로 그 수저였다.

배식은 동기생이 당번을 정하여 교대로 하였다. 경험이 없는 배식 당번이 균등하게 배식할 리 없었다. 소심한 동기가 배식하면 앞 사람이, 호탕한 동기가 배식하면 나중에 먹는 사람이 곤경에 처하게 마련이었다. 건더기 없는 국물만 퍼주는 동기생이 원망스러울 때도 있었고, 큼직한 닭 다리나 갈비 덩어리를 받아 감지덕지한 적도 있었다. 고의로 하는 행위가 아니라서 탓할 수도 없었고, 짧은 시간에 수백 명이 배식받아 먹어야 하기에 항의하거나 할 여가도 없었으며, 다른 동기생 눈치에 더 달랄 용기도 없었다. 간혹 불평하는 동기생끼리 언쟁이라도 할라치면 사방에서 빨리 배식하라는 호통에 흐지부지 넘어갔다.

메뉴는 쌀밥과 콩나물, 배추, 무, 두부, 생선이나 고기가 첨가된

된장국에 김치와 한두 가지 마른반찬이 보통이었다. 김치는 배추김치와 무김치가 교대로 나왔는데 무김치가 걸작이었다. 깍두기 형태로 숫자가 많으면 균등한 배식이 어려우므로 주먹만 한 무 조각 하나가 전부였다. 맛이나 형태로 도저히 김치라고 할 수 없을 조금 싱거운 장아찌 같았다. 한 사람에 한 개씩 나누어주면 되므로 취사병 처지에서는 음식량을 맞추는 데 수월하였다.

배식하는 사람이나 받는 사람 모두 수월한 게 포장된 음식이었다. 우유나 요구르트나 조미김이나 소시지는 수량에서 불만이 있을 수 없었고, 취사병이 만든 반찬에 비교하면 균일하게 입맛에 맞았으므로 모두가 선호하였다. 그런데 우유나 요구르트를 제외하면 포장된 음식은 가뭄에 콩 나듯이 드물었다.

가장 큰 문제는 밥이었다. 당시는 전쟁 대비 비축미가 많았는데 5년 이상 묵힌 쌀은 벌레가 많고 맛이 떨어져 제값으로 팔리지 않았다. 제값으로 팔리지 않을 뿐만 아니라 사 먹는 사람도 드물어서 공장에서 가공식품을 만드는 데 사용하거나 군에서 소비하였다. 가장 오래된 쌀은 기간 장병이 아닌 훈련소에서 소모하게 마련이다.

처음 배식을 받고 평소 습관대로 밥을 된장국에 마는 순간, 여기저기에서 비명이 터져 나왔다. 쌀과 색깔이 같은 흰 쌀벌레가 된장국에 밥을 마는 순간 국물에 떠 올랐다. 한두 마리가 아니었다. 배가 고픈 마당에 굶을 수는 없어 수십 마리 쌀벌레를 수저로 건져 버리고 식사를 하였으나 밥맛이 좋을 리 없었다. 비위가 약한 동기생은 먹지 못하는 사람도 있었다. 그 이후 밥을 국에 말아 먹는 사람은 없었다. 쌀벌레를 눈으로 확인하고 먹는 고역 대신 차라리 함께 먹는 걸 택한 것이다.

밥 한 그릇에 쌀벌레가 수십 마리 섞여 있고 성의 없이 만들어진 입맛에 맞지 않는 반찬이었으나 그나마 실컷 먹을 수 없었다. 지금은 어떤지 알 수 없으나 훈련소에서는 모든 게 훈련이다. 충분히 먹을 음식도 없었으나 웬일인지 식사시간을 제한하였다. 목욕이나 세면, 취침, 휴식 시간과 마찬가지로 항상 시작과 끝이 정해져 있다. 음식을 먹는다기보다는 최대한 빨리 처넣는다는 게 옳은 표현이었다.

훈련병은 언제나 춥고 배고프다는 말이 있다. 한여름 칠팔월 땡볕 아래 고된 훈련에 추울 리 없었으나, 우리는 춥고 배고팠다. 열일곱 소년이 감당하기에는 벅찼으리라. 혼자 받는 게 아니라 동기생과 함께하였기에 견딜 수 있었으리라. 아직 모질고 거친 세상에 덜 단련된 어린 영혼에 군사훈련소는 춥고 배고픈 영어(囹圄)의 땅이었다.

병영훈련 유격

훈련이 자발적으로 하는 게 아닌 이상 힘들고 괴로울 수밖에 없다. 철조망으로 경계를 뚜렷이 하는 병영에서 훈련은 정신적으로나 육체적으로 더 고통스러울 수밖에 없지만, 유격 훈련은 특히 더하다.

병영훈련 입소 전에 금오공고 군사학 시간에 PT라고 일컫는 '팔벌려 높이뛰기'와 '철조망 통과' 같은 장애물 훈련은 경험하였으나, 학교에는 대부분 유격 훈련 시설이 없어 처음 하는 것이었다.

유격전은 비정규전을 말한다. 돌발상황에 따라 적진에 고립되거나 특수임무를 띠고 적 후방에 침투하여 작전하는 걸 목적으로하는 훈련이다. 게릴라전을 대비한 훈련이라고 하지만 실상은 극기훈련에 가깝다. 인간의 육체 한계를 넘어선 활동이 얼마나 괴로운지 체험하게 한다.

사실 유격 훈련에 포함된 종목 자체는 전혀 위험하다거나 힘들지 않다. 신체가 덜 발달한 사람이나 고소공포증이 심한 사람은 괴로울 수 있으나 보통 젊은 남녀라면 누구나 할 수 있다. 유격 훈련을 빙자한 교관의 군기 잡기 특별훈련이 힘들 뿐이다.

종목별 유격 훈련 전에 일단 한 시간 동안 PT만 한다. 무엇을 하더라도 한 시간이라면 힘들다. 구보도 포복도 팔굽혀펴기도 앉았다 일어서기도 힘들다. 훈련이라는 게 대충 그렇다. 본 훈련이 어려운 게 아니라 사이사이에 끼워 넣은 교관의 일명 몸풀기가 괴롭다. 부상을 방지하기 위한 몸풀기라지만 몸이 풀리는 게 아니라 체력이 고갈되어 정작 본 종목은 평소라면 쉽게 할 수 있는 것도 힘겹다.

몸풀기가 끝나고 본격적으로 진행하는 유격 훈련은 강제성이 없다면 즐거운 놀이에 가깝다. 공포 분위기에서 쉴 새 없이 다그치는 교관과 조교 때문에 제정신이 아니라는 게 문제다. 나는 특별하게 육체가 튼튼하거나 운동신경이 뛰어난 건 아니지만, 조교의 시범 후에 제일 먼저 할 사람을 뽑을 때 항상 자원하였다. 어차피 모두 해야 할 걸 알고 있었고, 모두의 주목을 받으며 마친 후에는 모든 동기생이 같은 동작을 마칠 때까지 편안한 마음으로 구경할 수 있어서다. 매는 먼저 맞는 게 낫다.

외줄·두줄·세줄 도하와 줄 타고 오르기, 11m 점프, 장애물 통과 훈련이 있었다. 재미있던 종목이 일명 타잔 놀이로 외줄 잡고 칠팔 미터 늪을 건너는 게 있다. 겁만 먹지 않으면 쉽게 통과할 수 있으나 시간 간격을 주지 않고 계속 다음 사람이 이어지므로 당황하면 문제가 생긴다. 건너는 순간 손을 놓지 않으면 시계추의 원리에 따라 점점 진동 폭이 좁아져 건널 기회가 없다. 어차피 물에 빠질 수밖에 없다. 그런데도 물에 빠지지 않으려고 오랫동안 줄을 잡고 버티는 동기생도 간혹 있었다. 그 모습을 보면 훈련 중임에도 폭소가 터졌다. 사실 한여름에 하는 훈련이라 물에 빠진 사람이나 빠지지 않은 사람이나 큰 차이가 없었다. 질퍽거리는 군화가 기분 나빴을 뿐…….

유격 훈련이라고 잔뜩 겁을 주지만 누구나 할 수 있는 하찮은 행위다. 신체 불구가 아니라면 누구나 쉽게 할 수 있는 유격 훈련이지만 열일곱 소년에게 첫 경험은 고통이었다. 사실 작열하는 팔월의 태양 아래 하는 훈련 중 고통 아닌 게 무엇이겠는가? 팔자 좋은 사람은 해변으로 피서 가서 비키니 차림 아가씨 감상에 즐거울 시간에 군무의 길에 들어선 소년은 카키색이 아닌 흙먼지와 땀범벅 누런 군복에 얼굴은 검게 타들어 갔다.

병영훈련 사격

군대는 살인 전문 집단이다. 국토방위든 국민의 생명과 재산을 보호하기 위해서든 영토 확장을 위해서든 국가의 명령에 따라 대항하는 적군을 섬멸하는 걸 목적으로 한다. 어떤 국가, 어느 사회에서도 살인을 정당화하지는 않는다. 도덕적, 철학적, 종교적으로 살인을 용인하는 문화는 없다. 모든 국가에서 살인을 금지했음에도 유일하게 살인이 합법이고, 최대한 효과적인 살상을 연구하는 집단이 군대다.

국가 간 갈등에서 최후의 물리적 수단인 군대는 전투상황에서 발생하는 살인에 처벌받지 않는다. 오히려 열세한 전력으로 압도적인 적을 섬멸하거나 전투에서 승리하면 영웅이 된다. 역사에 등장하는 대부분 영웅은 엄청난 인명을 살상한 지휘관이다. 전쟁에서 진다면 생존 자체를 걱정해야 하는 국민으로서는 많은 적군이 비참하게 죽어갔더라도 환호하지 않을 수 없다. 적군보다는 나와 가족이 더 중요하지 않은가?

군인은 인류애나 도덕적으로는 칭찬받을 수 없는 살인 기계다. 최소의 자원과 노력으로 최대한 적을 격파하는 기술이 전술 전략이다. 지휘관은 탁월한 전술과 전략을 개발해야 하고 군인은 타고난 신체와 주어진 무기를 이용하여 적과 싸워 이길 능력을 배양해야 한다. 개인이나 부대 간 전투에서 최고 전력을 발휘하는 군인이 정예전사다. 군인이 전투에 가장 공헌하는 방법은 뛰어난 사격술이다. 군인에게 총과 사격술은 생명과 같다.

금오공고 군사학 시간에 M1 소총으로 훈련하였으나 사격은 없었다. 총도 병영훈련에 입소한 후로는 M16으로 바뀌었다. 영화에 몰입해서 관람하던 총격전, 드디어 사격할 기회가 왔다. 남자는 전쟁 영화를 좋아한다. 1만 4,000년은 수렵 생활을 하던 인간 본성이 진화하기에는 너무 짧은 시간인지도 모른다. 호기심 많던 사격은 실제로 힘들지 않고 재미있다. 그것이 병영훈련이 아니라면 말이다.

유격 훈련이 유격 종목 수행이 어려운 게 아니라 사전에 하는 몸풀기가 힘들 듯이, 사격 자체가 힘든 게 아니라 사격장 군기 잡기에 정신이 나간다. 사실 사격장에서는 고도로 정신을 집중해야 한다. 일발 필살 표적에 명중하기 위함이 아니라 실탄으로 사격하기에 사소한 실수도 인명사고로 이어질 수 있다. 사격장 책임자는 훈련병의 고득점이 중요한 게 아니라 무사히 훈련을 마치는 것이 최우선 관심사다.

군기를 바짝 잡아 정신을 집중하게 한다는 명목으로 하는 각종 얼차려지만 사실 효과는 없다. 총기 사용법과 사격장 행동 절차를 정확하게 숙지하는 게 오히려 사고 예방에 좋다. 정신없이 구르다 보면 교관이나 조교의 말도 제대로 귀에 들어오지 않는다. 무슨 질문이나 지시에도 무조건 대성박력으로 "예! 알겠습니다!"다. 아무것도 모른다. 큰 소리로 대답하지 않으면 또다시 얼차려이므로 무조건 소리 지르고 보는 것이다.

대기 사수 차례가 올 때까지 구르고 나면 일견 겉보기에는 박력 있게 행동한다. 절도 있는 태도가 고도로 정신이 몰입된 상태로 보이지만, 사실은 머릿속이 뒤죽박죽이고 자신이 무얼 하고 있는지도 모를 때가 많다. 앞 사람, 옆 사람 하는 걸 보고 눈치껏 따라 할 뿐이다.

정신없이 사격을 진행하는데 사고가 터졌다. 사선에서는 절대로 개인행동을 해서는 안 된다. 총기 고장이나 실탄 불량으로 발사가 안 돼도 엎드린 상태에서 우측 발을 들어 신호하라고 한다. 교육을 받았으나 같이 사격하던 동기생 한 명이 사격 중 벌떡 일어섰다.

"교관님, 총알이 안 나갑니다!"

말만 하는 게 아니라 그 동기생은 총구를 사격통제소 쪽으로 향하고 '철커덕, 철커덕' 시범을 보이며 총알이 나가지 않음을 증명하고 있었다. 실탄이 든 총으로 말이다. 순간 교관은 낯빛이 하얗게 바뀌면서 할 말을 잊었다.

"저저저……."

총구를 내리라는 말을 해야 하나, 입에서 말이 나오지 않아 문을 박차고 뛰어나오고 있었다. 주변에 있던 조교가 총을 빼앗아

든 순간 교관의 이단옆차기가 동기생의 옆구리를 강타하였다. 쓰러진 동기생은 무참하게 짓밟혔다. 조교도 동기생도 모두 숨죽이며 지켜보고 있을 뿐이었다. 아무리 맞아도 할 말이 없을 터였다. 실탄이 장전된 총구를 들이대며 방아쇠를 당기고 있었으니 만약 발사되었다면 교관은 이미 죽은 목숨이었다.

그 동기생뿐만 아니라 아니라 전원이 묵사발이 되도록 구르고 또 굴렀다. 가혹행위나 심한 훈련에는 불평불만이 터져 나오기 마련이지만 상황이 상황인지라 힘든지도 몰랐다. 그저 어쨌든 사고가 없어서 다행이라는 생각뿐이었다. 우리는 동기생의 영화에서나 나올 법한 장면을 통하여 사격장에서 해야 할 행동 절차를 확실하게 숙지하였다.

외부의 자극이나 충격이 크면 클수록 인간은 더 확실하게 기억한다. 교관은 목숨을 잃을 뻔한 아찔한 순간이었으나, 현장을 목격한 우리는 평생 잊을 수 없는 사격장 안전 수칙이었다. 사격 중 어떤 이유로 총이 발사되지 않는다면 절대로 일어서서는 안 된다. 손이나 발을 들어 조교에게 신호하는 게 절차다.

사격장에서 정신을 바짝 차리게 할 필요는 있다. 누군가의 생명이 위태로울 수 있기 때문이다. 그러나 얼차려가 능사가 아니다. 두뇌가 정상적으로 작동하도록 하는 게 중요하지, 겉으로 보기에 절도 있는 행동이 중요한 건 아니다. 사격을 잘하게 하려면 조준 요령을 알려줘야지 정신교육이 필요하지 않은 것과 마찬가지다. 연출이 중요한 게 아니라 본질이 중요하다. 각자가 사격장에서 취해야 할 행동과 이유를 알아야 한다.

부추

금오공고는 전국에서 학생을 모집한다. 그래서 위치는 경북 구미에 있지만, 학생은 경상도 사람이 아니라 출신지가 골고루 분포한다. 인구밀도가 높은 서울, 경기 인원이 다수지만 표준말을 사용하므로 사투리를 쓰는 사람은 주로 삼남 지방인 충청, 전라, 경상도다. 제주도에서 바다 건너 유학 온 사람 사투리가 더 심하지만, 그 수가 많지 않다.

충청도에는 '졸'이라는 식물이 있다. 졸은 백합과에 속하는 다년생 초본으로 다른 채소와 달리 한 번만 종자를 뿌리면 그다음 해부터는 뿌리에서 싹이 돋아 계속 자란다. 졸은 대개 봄부터 가을까지 3~4회 잎이 돋아나며, 성질이 약간 따뜻하고 맛은 시고 맵고 떫다. 졸은 비타민 A와 C가 풍부한 식품으로 냄새는 유황 화합물로 독특한 향미가 있는 식품이다. 마늘과 비슷한 강장(强壯) 효과가 있다. 꽃대가 올라오기 전의 부드러운 부추를 나물이나 다른 식품과 혼합하여 반찬으로 만들어 먹는다. 졸 요리로는 졸 잡채, 졸 나물 등 여러 가지가 있다.

대화 중에 졸을 말하니 못 알아듣는 사람이 많았다. 생김새와 반찬 종류 등을 설명하니 비로소 이해했다. 전라도 친구가 말했다.

"솔 말이네. 그거 우리 동네에서는 솔이라고 그려."

"솔? 솔은 소나무 아이가? 솔은 뭐고 졸은 뭐꼬? 표준말은 정구지다 정구지!"

경상도 친구가 정구지가 표준말이라고 주장하자 갑자기 자기 지역에서 사용하는 말이 표준말이라고 우겨 시끌벅적해졌다. 충청, 전라, 경상도 사람이 비슷하게 있었으므로 다수결로 압도할 수 없었고 누군가 국어사전을 들춰보았다.

졸 : '부추'의 충청지방 사투리

솔 : '부추'의 전라지방 사투리

정구지 : '부추'의 경상지방 사투리

각자 제 지방에서 사용하는 말이 표준어라고 주장하였으나 정작 표준말은 '부추'였다. 졸과 솔과 정구지가 확실한 표준말이라고 우기던 삼남 지방 친구는 유구무언이었다. 부추? 들어본 적도 없는 말이 표준어라니 얼마나 놀라운 일인가? 두 눈만 껌벅이며 서로 돌아볼 뿐이었다. 그때 강원도 태백 깡촌에서 올라온 친구가 한마디 하였다.

"어, 우리 동네에서는 부추라고 하는데?"

쪽수가 많은 경상, 전라, 충청도 사람의 서슬에 감히 나서서 '부추'라고 우기지 못하였는데 표준말이 부추라고 하자 놀라움을 감추지 못했다. 산속에서 홀로 살던 사람이 쓰던 말이 표준말이라고 누가 상상이나 할 것인가? 표준말은 서울 중류사회에서 사용하는 말이다. 강원도에도 사투리는 있으나 인구밀도가 낮아 세력이 작고, 서울과 가깝고 교류가 많아 의외로 사용하는 말이 표준어가 많다.

흔히 한국인은 우리나라를 작은 나라, 소국(小國)이란 표현을 많이 한다. 나라가 크고 작은 데 기준이 있는 건 아니지만, 인류 역사에서 가장 규모가 큰 문화로 단일국가를 이룬 중국과 유일하게 국경을 맞대고 있어서다. 우리의 역사에서 세계란 바로 중국을 포함한 세상이었다. 작은 나라라고 생각하였지만 완벽하게 다른 언어가 존재한다는 사실에 놀랐다. 어쩌면 우리나라가 작다는 건 착각일지도 모른다. 단일민족, 단일 문화라는 것도 허구일지도 모른다.

부추란 말이 지방마다 전혀 다른 말로 사용된다는 데서 의외로 대한민국은 넓고, 알고 있는 지식이 사실과 다를 수 있다는 걸 깨달았다. 다수가 주장한다고 하여 사실이 바뀌지는 않는다. 자신의 말이 아무리 옳더라도 소수의 말을 경청하고 존중해야 한다. 졸과 솔과 정구지가 같은 말이라니 얼마나 놀라운 일인가? 부추로 인하여 깨달은 게 많은 하루였다.

전라도 친구

금오공고는 전국에서 학생을 모집한다. 각 지역 인구와 정비례하는 건 아니지만, 전국에서 골고루 입학하는 편이다. 내가 1학년으로 입학한 1982년은 광주민주화운동 2년 후였고 당시 대통령은 전두환이었다. 물론 당시에는 광주민주화운동이라는 용어를 사용하지 않았고 언론에서 쓰는 대로 광주사태라고 말했다.

광주민주화운동이 발생했을 때 나는 중학교 2학년이었다. 국가와 민족의 융성을 위해서는 모든 걸 희생해도 괜찮다는 극단적인 전체주의 사고에 젖어 있었고, 공자님 말씀이 인간 세상 유일의 진리라고 생각할 정도로 미성숙 상태였던 나는 얼마 전 박정희 대통령 암살사건으로 큰 충격을 받았다.

태어날 때부터 대통령이었기에 대통령은 곧 왕으로 알았으므로 김재규는 반역자라고 생각하였다. 왕이 죽었을 때 충성스러운 백성이라면 대성통곡으로 슬퍼해야 한다고 생각했던 나는 대통령

서거 소식에도 당연히 나와야 할 눈물이 나오지 않아 어리둥절하였다.

나는 국가와 민족을 위하여 충성하는 사람이고자 했으나 당시 상황으로 보아서 전혀 그렇지 않다는 사실에 부끄러웠다. 대통령이 죽었는데도 눈물이 나오지 않는다니 얼마나 놀라운 사실인가? 부모가 죽었는데 그렇지 않으리란 보장이 어디 있단 말인가? 예상과는 전혀 다른 내 본심에 나는 놀라지 않을 수 없었다.

충격이 채 가시기도 전에 이번에는 전라도에서 반란이 일어났다는 소식이었다. 언론과 선생님의 말씀에 따르면 전라도 광주에서 북에서 남파된 간첩 선동으로 무장봉기가 일어났다는 것이었다. 남파 간첩의 사주로 수천 명의 젊은이가 경찰서를 습격하고 무기를 탈취하여 체제 전복을 목적으로 봉기하였다는 것이다. 무고한 시민이 수없이 살상되었고 군과 경찰이 진압을 시도하고 있다는 소식은 분노로 피를 끓게 하였다.

공산당은 존재해서는 안 되는 인류 최악의 적으로 말살을 위하여 직업군인이 되겠다고 생각하고 있었으므로, 남한 공산화를 위한 간첩의 획책으로 무장봉기가 발생했다는 소식에 분노할 수밖에 없었다. 군인이나 경찰 신분이라면 당장 자원하여 달려가고 싶은 심정이었다. 매일 보도되는 뉴스는 많은 민간인이 희생되었으며 군경의 분전으로 폭도를 제압 중이라는 것이었다. 다행히 며칠 지나서 않아서 반란은 진압되었고 주동한 수괴는 체포되었다. 그것이 1982년까지 알고 있던 광주사태의 전모였다.

우연한 대화 끝에 광주사태에 대한 말이 나왔는데 전라도에서 온 친구의 말은 달랐다. 광주사태는 북의 사주로 일어난 무장봉기가 아니라 민주화를 요구하는 데모대를 군이 과격하게 진압하는 과정에서 발생한 우발적인 충돌이며, 충돌이 일어나기 전에 진압에 투입된 군인이 남녀노소를 가리지 않고 무자비하게 곤봉으로 구타하여 시민이 반발하였다는 것이다. 이후에 진압 과정에서 무고한 시민의 희생은 폭도에 의해서가 아니라 군인에게 희생되었다고 하였다.

나를 비롯한 대부분 동기생은 그 말을 믿을 수 없었다. 군인이 멀쩡한 시민에게 무자비한 폭행을 가했다는 사실도, 총격으로 많은 시민을 살상하였다는 말도 믿을 수 없었다. 당연히 격론이 벌어졌다. 어차피 결론이 날 수 없는 토론이었다. 전라도 친구를 제외한 누구도 군인의 만행을 믿지 않았다.

대한민국 국민의 생명과 재산을 지킬 목적으로 존재하는 군이 별다른 이유 없이 민간인을 살상하였다는 사실을 누가 믿을 수 있겠는가? 반공 영화에서 늘 보았듯 민간인을 학살하는 건 언제나 빨갱이였고, 군인은 선량한 시민을 구하다가 희생되는 정의의 사도가 아니던가? 전라도 친구가 간첩이 유포한 유언비어에 속고 있다고 확신하였다.

수에서는 열세였지만 전라도 친구는 주장을 굽히지 않았다. 이론적으로는 군인이 민간인을 학살할 리 없지만, 실제로 사건은 발생하였고 수많은 희생자와 목격자가 있다는 것이었다. 어떤 친구는 직접 현장에서 목격하였다고 주장하였다. 아무리 열변을 토하고 목격담을 폭로해도 우리는 믿을 수 없었다. 우리 정부와 군대가 그런 어처구니없는 짓을 할 리가 없다고 확신했다.

전라도 친구는 많이 억울해하고 심지어 눈물까지 보였지만, 가까운 친지의 희생과 잘못된 정보에 속아 분노하는 것으로 생각했다. 모든 언론과 부모 선생님이 일관되게 광주사태는 간첩의 사주로 발생한 반란이라는데 학생이 달리 생각할 수 있는가? 권력을 잡은 쿠데타 세력은 보안사령관 출신답게 완벽히 언론을 통제하였다. 진실을 알게 되기까지는 3년이라는 세월이 더 필요했다.

미리 알았다고 하여 역사가 바뀌지는 않았을 것이다. 어쩔 수 없는 현실에 분노하고, 울분을 삭이느라고 괴로웠으리라. 그래도 전라도 친구의 말을 매정하게 성토하지 않고 위로의 말을 했을 텐데……. 당시에는 알 방법이 없었다.

고향 가는 길

집 떠나서 첫 명절을 맞았다. 항상 고향 시골집에서 객지 나갔던 형들과 누나가 돌아오기를 기다렸지 내가 귀성객이 된 적은 없었다. 요즘이야 추석이나 설 명절이 대수롭지 않은 휴무에 불과하지만 먹을 음식, 입을 옷, 놀이기구 등 모든 게 부족했던 1982년 당시만 해도 설과 추석은 민족의 축제였다. 명절이라고 갑자기 부자가 되는 건 아니지만 평소에 아껴두었던 돈과 먹을 걸 풀어 모처럼 모인 가족과 함께 즐겼다. 찢어지게 가난한 가운데에도 명절에는 모든 게 풍족했다. 모처럼 객지에서 돌아온 형과 누나 선물에 마음은 더욱 풍성했다.

추석에는 당연히 고향 부여에 가야 했다. 가지 않는다고 무슨 할 일이 있는 게 아니다. 학교에서 명절 기간 기숙사와 식당을 폐쇄하여 혼자 지낼 방법도 없었다. 어쩔 수 없이 가야 했지만, 사실 가지 말라고 해도 무슨 수를 써서라도 갔을 것이다. 명절에 고향에 가지 않는다는 걸 생각하는 사람은 없었다. 나는 처음이었지만 거의 전 국민이 매년 그 전쟁과도 같은 귀성 귀경길에도 어김없이 고향을 찾았다.

경북 구미에서 충남 부여까지는 먼 거리다. 거리가 멀 뿐 아니라 교통도 불편하였다. 내가 금오공고에 입학하면서 가장 놀란 건 경상북도의 도로였다. 당시 충청남도는 시·군 간 국도가 대부분 비포장이었으나 경상북도는 비포장도로가 없었다. 국가균형발전이 필요하다는 불평불만을 들은 적이 있지만, 실제로 그렇게 차이 날 줄은 몰랐다. 물론 산업시설이 영남에 몰려 있어 투자 우선순위에서 차이가 났을 것이다. 어쨌든 구미에서 대전까지는 열차로 이동하고 대전에서 부여는 직행버스로, 부여에서 임천까지는 시내버스로 움직여야 하는데 버스 구간은 모두 비포장도로였다.

예매가 활성화되지 않았을 때였다. 미리 표를 구하지 못한 사람은 당일 긴 줄을 서서 표를 구매했고, 좌석이 없는 사람은 입석이었다. 지금은 고속버스 입석이 없지만, 당시에는 입석 정도가 아니라 숨 쉴 틈도 없을 정도로 최대한 태워 이동했다. 그렇게라도 하지 않으면 귀향하지 못하는 사람이 부지기수였을 것이다. 귀성객 대비 교통수단이 열악할 때였다. TV에서 인도나 동남아 지역 이동 상황을 보면 당시 모습을 그릴 수 있을 것이다.

그래도 구미에서 대전은 역방향이라 여유가 있었다. 자리에 편히 앉아서 고향으로 가다가 충북 영동을 지나면 같은 한국 땅인데도 고향 냄새가 물씬 났다. 실제 냄새가 아니라 고향을 그리워하는 마음에 생긴 심리 현상이었으리라. 영동역을 지나면 벌써 부여에 다다르기라도 한 양 가슴은 콩닥콩닥 두근두근하였다. 고향이 무엇인가? 처음으로 접한 삶의 현장 아니던가? 그 땅, 공기, 초가집, 산과 나무와 잡초와 짐승이 함께 어우러져 살던 데가 아닌가? 어머니가 마음의 고향으로 늘 그립듯, 태어나서 처음 접했던 고향도 늘 그리움의 대상이었다.

대전역에서 서부터미널까지 시내버스로 이동하고 나서가 본격적인 귀성 전쟁이었다. 일단 엄청난 사람이 줄을 서서 표를 구해야 한다. 표 구하는 데 30분, 한 시간 걸리는 건 다반사였다. 좌석표는 없었다. 좌석을 정해줘 봐야 제때 탈 수도 없었다. 표 사는 건 줄 서서 기다리면 되었으나 차 타는 건 줄이 없었다.

서울에서 대전을 거쳐 가는 직행버스가 도착하면 이미 만석 상태였다. 수단과 방법을 가리지 않고 차에 올라타야 했다. 차에 타지 못하면 언제 집에 가게 될지 모른다. 버스 출입문에 수백, 수천 명이 몰렸으므로 창문으로 올라탔다. 혼자서는 도저히 탈 수 없지만, 차 안에 있는 사람이 손을 당겨 끌어줬다. 금오공고 교복을 입은 상태였으나 체면 차릴 여가가 없었다. 그것이 금오공고 3년 동안 고향 가는 길에 대전에서의 나나 선후배 모습이었다.

젊은이나 남자는 버스 창문을 통하여 탔으나 노인이나 여자는 어떻게 탑승했는지 기억나지 않는다. 젊은 처녀가 치마 입은 채로 창문으로 탔을 성싶지는 않지만, 그렇다면 어떻게 고향에 간단 말인가? 다행히 객지에 나간 사람 중에 할머니, 할아버지는 없었기망정이지 만약 그 대열에 끼었다면 압사하기 딱 맞았다. 도로 사정도 좋지 않았을 뿐 아니라 교통수단도 변변치 않았던 당시 고향 가는 길은 전쟁이었다.

부여에 도착했다고 전쟁이 끝나는 건 아니다. 부여에서 임천까지 시내버스를 이동할 때도 같은 조건이었다. 그래도 대전에서처럼 창문으로 탑승해야 할 정도는 아니었으나 입추 여지없이 들어찬 채로 이동하는 건 마찬가지였다. 아마 50명 정원에 200명은 탔으리라.

구미에서 아침 먹고 출발해도 임천에 도착하면 어둑해지기 마련이었다. 임천에서 고향 충화면 만지리까지는 걸어서 가야 한다. 시내버스가 하루 두 차례 운행하였지만, 그 시간을 맞출 방법도 없었고, 우연히 타고 가더라도 버스에서 내려서 다시 2㎞를 걸어야 한다. 임천에서 시골집까지는 4㎞ 거리였다. 지친 몸으로 고개 두 개를 넘으면서 걷다 보니 족히 한 시간은 걸렸다. 참으로 길고도 먼 고향길이었다.

힘겹게 도착했기에 더 반가운 것인지도 모른다. 사선을 지나서 전장에서 귀환한 군인처럼 의기양양하게 집에 가는 중에 수백 미터 떨어져 있는 데도 귀신같이 알아보고 기르던 똥개 누렁이가 달려온다. 제일 먼저 반갑게 맞는 것은 언제나 누렁이였다. 몇 달 만에 보는데도 전혀 낯설어하지 않고 천방지축 오두방정 날뛰며 좋아하는 개를 바라보면 피로가 저 멀리 달아났다.

사립문에 들어서면 온 가족이 뛰쳐나와 얼싸안았다. 산속 독립 가옥이었던 우리 집은 평소 손님이 거의 없다. 명절이나 돼야 객지 나갔던 자식이 돌아왔다. 사람 보는 일이 귀한 시골집에 방문하면 누구나 귀한 손님이 된다. 온 가족이 일거수일투족을 주목하는 주인공이 된다. 어려서 서울 삼촌 댁에 가면 모두 각자 일을 한다. 함께 어울려 종일 놀아주는 사람이 없었다. 시골은 반대다. 애어른할 것 없이 모두 손님 말에 귀 기울이고 지켜본다. 식사 준비하는 엄마만 잠시 자리를 비울 뿐이다.

고향은 좋다. 모든 게 좋다. 산천초목이 반갑고, 주인 알아보고 수백 미터를 질주하여 반기는 누렁이가 좋고, 그 큰 눈을 휘둥그레 치뜨고 '음~머' 하는 소가 정겹다. 오랜만에 보는 부모 형제야 말할 나위 있겠는가? 저녁 내내 지난 이야기로 시간 가는 줄 모르게 즐긴다. 내일 모처럼 만나는 고향 친구는 또 얼마나 반가울 것인가?

그때 명절은 좋았다. 먹을 것이 부족해도 좋았고, 비포장도로에 숨 막힐 듯한 교통편도 좋았고, 가족이나 친구가 너무 반겨 좋았다. 고향에 가면 누구나 주인공이 된다. 평소 아무도 주목하지 않는 사람이라도 고향에서는 모두가 주목한다. 주인공이 된다. 주인공이 기분 좋지 않을 리 있겠는가? 고향 가는 길이 아무리 멀고 힘들어도 좋을 수밖에 없다. 그때 고향은 그보다 좋을 수 없었다.

헐벗고 굶주릴 정도는 아니라도 아직 부족한 게 천지였던 당시였지만, 아이러니하게도 느낌으로는 지상낙원이었다. 발전이 덜 되어 비포장도로와 정비되지 않은 도랑을 건너야 하는 고향 집 가는 길, 만나는 사람마다 남루한 차림이었으나 시커멓게 그을린 안면에 서린 웃음은 화사하였다. 상상만으로도 두근거리게 하던 고향은 따뜻하였다.

시화전

　금오공고 1학년 2학기가 되자 1년 고향 선배인 곽근준이 찾아왔다. 가을에 학교에서 시화전을 여는데 준비에 참여하지 않겠느냐는 것이었다. 시화전에는 구미여고 여학생도 일부 참가한다는 말도 덧붙였다. 여학생에 관심이 많은 시기였으므로 유혹하려는 의도였을 것이나, 나는 원래 문학과 그림에 관심이 적지 않은 터였으므로 구미여고 여학생과는 무관하게 흔쾌히 승낙하였다.

　주말이 되어 대구 출장을 가게 되었다. 정확히 기억나지 않지만 시나 그림을 걸 액자 만드는 재료를 구하기 위해서였다. 시화전 준비 책임 선생님과 곽 선배와 나를 포함하여 대여섯 되었던 것으로 기억한다. 토요일, 당시 구미에 막 생긴 종합시외버스터미널에 갔다. 지금은 학교에서 구미역까지 건물로 꽉 들어찼으나, 당시에는 광활한 대지에 터미널만 덩그러니 있고 듬성듬성 교회와 모텔만 있을 때였다.

경상북도 도청소재지가 있던 대구는 경제 사회 문화의 중심지였다. 주말에 특히 출입 인구가 많았다. 터미널에서 대구행 직행버스를 타기 위해 줄을 섰는데 끝이 보이지 않을 정도로 길었다. 일자로 늘어선 게 아니라 넓은 광장임에도 부족해서 지그재그로 수백 미터 이어져 있었다. 표를 구하는 데만 몇 시간 걸렸다.

지루한 시간이 이어지고 있었다. 대표로 한 명이 서 있고 나머지는 쉴 수도 없었다. 땡볕에서 몇 시간 서서 기다리는데 일행이 여럿이라고 표를 한꺼번에 구할 수 없었다. 지금 생각해보니 의아한 면이 없지 않다. 앞서 줄 선 지인에게 표를 부탁하는 행위를 막기 위함이었을까? 어쨌든 예외 없이 표를 끊을 때까지 줄을 서야 했다.

갑자기 눈이 번쩍 뜨였다. 아니 감전된 듯 아찔하였다. 생전 처음 하는 경험이었다. 왜 그렇게 깜짝 놀랐을까? 무엇이 심장이 멎을 듯한 충격을 주었는가? 여학생이었다. 직접 대화하지 않아 알 수 없지만, 겉으로 보아서 여학생이 틀림없었다. 국내외 유명 여배우처럼 화려하거나 아름다운 건 아니었다. 그런데도 처음 본 순간 호흡이 제대로 되지 않았고, 눈이 마주친 순간 깜짝 놀라 나도 모르게 선생님과 선배 뒤로 숨었다.

호흡은 거칠었고 가슴이 두방망이질하고 있었다. 거울을 보지 않아 알 수 없었으나 얼굴은 홍당무가 되었으리라! 알 수 없는 일이었다. 나는 초등학교, 중학교를 남녀공학 학교에 다녔다. 이성에 관심이 있었다면 마음에 드는 여학생이 여럿이었으리라. 없었다. 호기심 정도는 있을 때가 있었으나 심장이 두근거린 것은 처음이었다.

지그재그 형태로 줄을 섰으므로 파도의 꼭대기에 이르는 순간만 볼 수 있었다. 그때마다 똑같은 증상이 반복되었다. 여학생은 백지장 같이 창백한 조그마한 얼굴에 긴 생머리였고, 흰색 티를 입고 있었다. 하의는 기억나지 않는다. 아니, 본 적이 없는 거 같다. 눈을 마주치는 순간 숨었으므로 자세히 관찰할 계제가 아니었다. 그렇게 몇 시간 숨바꼭질하였다. 제대로 보지도 못하고 말 한마디 나누지 못했다. 그 당시 심정은 글자 그대로 충격과 공포였다. 무엇도 내 마음대로 할 수 없었다.

지나고 나서 생각하니 그건 신이 내린 엄청난 기회이자 선물이었다. 그건 누구나 경험하는 일이 아니었다. 몇 날 며칠을 고민하다 내린 결론은 그것이 사랑의 시초일 수 있다는 것이었다. 한눈에 반한다는 말이 이런 경우 아니겠는가? 그런데 나는 경악하여 숨을 수밖에 없었다. 반성하면서 다음에 다시 만나면 반드시 말을 걸고 연락처를 받아둬야겠다고 다짐했다. 물론 신은 두 번 다시 기회를 주지 않았다.

아직도 아련하게 떠오르는 여학생과 그때 직접 대화하였다면 환상이 깨졌을 수도 있다. 어쩌면 지나치게 창백해 보였으므로 큰 병에 걸렸거나 시한부 생명이었을지도 모른다. 그랬다면 적은 행복을 얻는 대가로 큰 상처를 받았을 것이다. 그렇더라도 살면서 다시는 느끼지 못한 충격과 공포였으므로 그 원인을 확인하지 않은 아쉬움은 크다. 짧은 만남과 긴 이별이 상상할 수 없는 아픔이었을지라도 인간 조자룡의 영혼은 크게 성장하였으리라.

　인간은 누구도 자신을 제대로 알 수 없다. 자신의 의지로 통제할
수 없는 무의식도 알 수 없는 세계지만, 전혀 경험하지 않은 잠재
의식은 상황에 따라 어떻게 반응할지 짐작조차 할 수 없다. 경험하
지 않은 사람은 믿지 못할 테지만 세상은 넓고 놀라운 일은 많다.
시화전에 내가 무슨 일을 했는가는 기억에 없다. 임무를 맡고 무언
가를 하였지만 내 기억에 시화전은 흰색 티를 입은 긴 생머리에 창
백한 얼굴의 여학생뿐이다.

2학년 습격사건

금오공고는 전교생이 기숙사 생활을 한다. 학년별로 3학년 2학년 1학년 순으로 정성·정밀·정직동 기숙사를 사용하였다. 원래 위계질서에 투철한 게 남자사회고, 중고등학교 시절이 서열에 예민한 시기이기도 하지만, 금오공고는 졸업 후 부사관으로 임용하는 사실상의 군사학교다. 사관학교나 부사관학교와 마찬가지로 학년 간 선후배 개념이 엄격하였다. 한 학년은 하늘과 땅의 차이였다.

예나 지금이나 공식적으로 구타는 금지였다. 구타뿐만 아니라 가혹행위도 금지였지만 그 사실을 심각하게 생각하지도 믿지도 않았다. 그러기에는 너무나 많은 구타가 횡행했다. 초등학교 중학교 때도 집에서는 부모와 형이 때렸고, 학교에서는 선생과 선배가 때렸다. 동급생 간 서열 정하기 싸움도 잦았다. 명목은 잘되라는 사랑의 매였지만, 처음 한두 대를 제외하고는 사실상 감정에 치우친 스트레스 해소용에 가까웠다.

전자공학과 1학년 3반과 4반이 거주하던 신동에는 훈육교사가 상주하지 않았다. 지나가던 2학년이나 3학년 선배가 자습 태도나 청결 상태 불량을 구실로 가끔 단체 구타나 얼차려를 실시하였으나, 거부하거나 불쾌하게 생각하는 사람은 없었다. 그만큼 구타나 가혹행위가 일반적인 시절이었으며, 거수경례하며 '충성' 구호를 붙이는 군대 문화 속에서 상명하복은 엄격하게 지켜졌다.

어느 날 자정이 지날 무렵이었다. 갑자기 '와~'하는 함성과 함께 "죽여라!", "막아라!", "도망간다. 막아라, 막아!"라고 하는 알 수 없는 구호와 비명이 난무하였다. 자다 깬 동기생들이 두려움에 떨며 무슨 일인가 궁금해하고 있는데 누군가가 속삭였다.

"3학년이 2학년 기숙사에 쳐들어갔대."

도무지 알 수 없는 일이었다. 3학년이 2학년한테 원수진 것도 아니고 때리려고 맘만 먹으면 얼마든지 때릴 수 있는 터에 집단으로 쳐들어갔다는 말이 믿어지지 않았다. 함성과 비명이 뒤범벅된 아수라장은 몇 시간이 지나서야 잠잠해졌다. 다음 날 아침이 되어서야 비로소 무슨 일이 있었는지 소문으로 알 수 있었다.

상부에서 구타나 가혹행위에 대한 금지지시가 꾸준히 내려오는 터라 선생님에게 상급생의 하급생에 대한 개인 통제를 금지하라는 교장의 지침이 있었다. 암암리에 진행되는 구타나 가혹행위가 외부에 공개되면 국방부 예산으로 운영되는 만큼 국방부에서 책임을 물을 터였다. 당시 교장 선생님은 예비역 육군 소장이었는데 국방부 지침을 따르도록 강력하게 지시하였다. 예전과 다르게 저학년

통제를 못 하게 하자 3학년 사이에 불만이 팽배했다. 2학년까지 맞으면서 힘들게 지냈는데 자신이 마땅히 누릴 권한을 누리지 못한다는 상실감이 있었다. 2학년 몇몇이 불손한 태도를 보였다는 소문이 도화선이 되었다.

3학년 간부는 전쟁계획 짜듯 작전을 짰다. 같은 과 선후배 간에는 낯이 익어 무자비한 구타가 어려우니 기계계열 3학년은 전자공학과 2학년을, 전자공학과 3학년은 기계계열 2학년을 공격하기로 결정되었다. 중앙 현관과 양 측면 현관 봉쇄 조를 편성하여 외부에서 대기하고, 각목이나 청소도구 따위로 무장하고 자정을 기하여 2학년 기숙사에 난입하였다.

불 꺼진 숙소에서 잠자던 2학년생은 아닌 밤중에 홍두깨 격으로 3학년생의 무차별 구타로 우왕좌왕할 뿐 대책이 없었다. 퇴로도 없고 숫자도 비슷하며, 설사 숫자로 앞서도 같이 맞받아칠 수도 없는 처지여서 기껏 한다는 게 서로 동기생 뒤로 숨는 정도였다. 영문도 알 수 없을뿐더러 때리는 가해자가 3학년이란 걸 알면서 대항할 수 없었으므로 피하는 도리밖에 없었다.

2학년은 억울하게 집단 구타당하였고, 3학년은 스트레스를 좀 풀었으나 문제는 그다음부터였다. 수백 명이 수백 명을 상대로 한 집단 구타였으므로 상부에 보고되지 않을 수 없었을 것이고, 설사 보고되지 않았더라도 나중에 감사에 적발되면 관리자가 문책받을 게 뻔하였다. 문제를 일으킨 학생도 문제를 해결해야 하는 선생님에게도 골치 아픈 일이었다. 며칠 간의 회의 끝에 연대장 근무자가 스스로 책임질 걸 자청하였다. 여러 학생이 제적되는 사태를 막기 위하여 모든 책임을 대신 뒤집어쓰기로 한 것이다.

그 연대장은 구○○ 선배였다. 기계공학과 3학년으로 가까이에서 본 적은 없으나 전교생 조례나 행사 시에 구령이 멋있어서 후배에게 인기 있는 선배였다. 어디서도 보고 듣지 못한 박력 있고 우렁찬 목소리로 구령하였다.

"부대 간격 5보(步), 앞뒤 거리 2보, 개인 거리 간격 정식 간격, 좌우로 나란히~"

글로 보니 흥이 나지 않지만, 1초 간격으로 운율에 맞춰 내리는 구령은 환상이었다. 처음부터 그렇게 멋있게 할 수 있었던 건 아니라고 한다. 연대장으로 발탁된 후 옥상에서 날달걀을 깨 먹으며 오래 훈련한 결과라고 하였다. 과정은 어쨌든 우리 후배에게는 우상이었다. 그런데 그 멋진 선배가 책임지고 자퇴한다니 적이 실망스러웠다.

사회에 알려지면 큰 파문이 일 만한 사건이었으나, 내부에서 조용히 정리되었다. 아깝고 안타까운 건 연대장 근무자였다. 아무리 금오공고를 사랑하는 선배라도 퇴학당한 마당에 졸업장이 주어질 리 없었다. 3년간 고생하였고 동기생을 대신하여 희생하였더라도 인생에서 받을 보상은 없었다. 많은 후배가 아쉬워하고 혼자 책임지는 것에 안타까워했던 그 선배의 소식은 그 후 알 수 없다. 그러한 책임감과 용기를 가졌기에 사회 어디에서라도 훌륭한 삶을 이어가시리라 믿는다. 이름은 잊었으나 성은 뇌리에 뚜렷한 구○○ 선배님이 그립다.

프로야구 개막

1982년 프로야구가 개막되었다. 이전까지 실업리그가 있었으나 국민의 호응을 얻지 못해 고교야구보다 인기가 없었다. 칠십년대까지 가장 인기 있는 스포츠는 고교야구였다. 고교야구는 지역별 야구 명문고가 있어서 졸업생뿐만 아니라 지역 주민이 공동으로 응원하였다. 지역 명문고로는 서울 선린상고, 덕수상고, 경북 경북고, 대구상고, 부산 부산고, 경남 경남고 경남상고, 전남 광주일고, 광주상고, 전북 군산상고, 충청 공주고, 세광고, 인천 인천고, 동산고 등 비교적 전국에 고루 분포하여 각자 고향 팀을 응원하는 경향이 있었다. 진정한 지역 연고 팀은 고교야구가 효시인 셈이다.

1980년 군사 쿠데타로 정권을 잡은 전두환 대통령은 민심 이반에 고심하였다. 국민은 오랜 독재 정권이 비극으로 종료되어 마침내 민주시대가 도래한 것을 환호하였으나, 12·12사태와 5·18광주민주화운동이라는 내홍 끝에 다시 군사정권이 탄생하였다. 민주 절차를 밟지 않은 정권 탈취였으므로 당연히 정통성이 부족하였고 국민은 외면하였다. 프로야구와 프로축구가 활성화된 이유는 정부의 정치에 대한 불신을 무관심으로 바꾸려는 우민화 정책이었다.

시작은 권력자의 노림수로 시작되었으나 착실한 경제성장으로 오락과 여가 선용에 관심이 높아진 시기여서 절묘하게 맞아떨어졌다. 언론과 일부 지식인이 우민화 정책에 반대하고 탄식하였으나, 프로야구는 가장 인기 있는 스포츠로 자리 잡았다. 외국의 프로스포츠 운영 사례에 따라 지역별로 팀을 안배한 것이 인기를 끌게 한 결정적인 요소였다. 나중에는 지역감정이 고조되는 부작용도 나왔으나, 고향 팀을 응원한다는 노림수가 완전하게 먹혔다.

1982년 출범 당시 팀은 여섯이었다. 서울의 MBC 청룡, 대구 경북의 삼성 라이온즈, 부산 경남의 롯데 자이언츠, 전라도의 해태 타이거즈, 충청도의 OB 베어스, 인천·경기의 삼미 슈퍼스타즈가 주인공이었다. 1982년 3월 27일, 동대문야구장에서 열린 MBC 청룡과 삼성 라이온즈의 한국 첫 프로야구 경기, 이날 시구는 당시 대통령이던 전두환이 했고, 경기 결과는 삼성 투수 이선희를 상대로 MBC 청룡의 이종도가 끝내기 만루 홈런을 쳐내며 MBC 청룡이 승리를 가져갔다. 첫 한 경기로 삼성 에이스 이선희는 비운의 투수로 MBC 청룡 이종도는 만루홈런의 사나이란 별명을 얻었다.

칠십년대 고교야구를 주름잡은 경북고와 대구상고 출신이 포진한 삼성의 선수층이 가장 두터워 우승 후보로 꼽혔으나 천만뜻밖에도 프로야구 원년 우승팀은 OB 베어스였다. 미국 마이너리그에서 활약하다 귀국한 박철순 투수의 활약이 결정적이었다. 메이저리그를 밟아도 보지 못한 박철순이었으나 당시 한국 프로야구에서는 독보적인 존재였다.

고교야구를 좋아하였고 프로야구에 대한 개념이 없던 나로서는 대중이 빠져드는 이유를 몰랐으나 곧 심취하게 되었다. 개막전 끝내기 만루홈런으로 시작하여 예상을 뒤엎은 OB 베어스의 한국시리즈 우승으로 막을 내린 프로야구는 그대로 국민 스포츠가 되었다. 군사정권의 의도대로 국민의 관심 전환에 성공하였다.

불순한 의도로 시작하였으나 국민의 경제 수준이 프로야구를 즐길 만큼 향상되었다. 시기에 맞춰 좋은 오락거리가 생긴 셈이다. 연이은 군사 정변으로 정권이 바뀌었으나 대한민국은 운이 좋았다. 프로 스포츠는 국민의 불만을 누그러뜨리는 역할을 했다. 국가 융성기에는 모든 것이 맞아떨어지는 법이다. 세계에서 가장 눈부신 성장을 지속하던 대한민국은 어떤 불협화음에도 끝없이 위로 솟아올랐다. 원인과 과정이 불공정하더라도 결과는 대체로 좋았다. 속된 말로 잘되는 집안이었다.

인간 시장

『인간 시장』은 1980년대 크게 히트한 김홍신의 장편 소설이다. 실제 인간 시장이랄 수 있는 인신매매의 본거지 창녀촌을 중심으로 사회악과 벌이는 한바탕 활극이다. 자본주의 사회가 인간을 포함한 모든 사물에 화폐가치를 부여한다는 점에서 자본주의 사회 모순을 폭로한 대작이었다.

『인간 시장』은 예상외의 인기를 끌었다. 한국에서 글로 성공하는 건 불가능에 가깝다. 전체 인구가 작고 책 읽는 사람이 적어 시장 규모가 작은 데다 해외에서 크게 히트한 책이 번역되어 나오는 터에 무명 작가가 대박을 터뜨릴 확률은 거의 없다. 의외로 대박이 났다. 1981년 첫 출판 후 1989년 총 10권이 출판되는 동안 내내 베스트셀러였으며, 최초의 밀리언셀러 작가가 되었다. 출간 2개월 만에 10만 부, 3년 만에 100만 부가 팔렸다고 한다.

열악한 국내 출판계 현실에서 하나의 이변이었다. 주인공 장총찬은 정의감이 투철한 열혈 청년이지만 준법정신이 투철한 모범 시민은 아니다. 경찰에 신고하여 해결하는 게 아니라 우선 주먹으로 악당을 제압한다. 평등과 공정이 제대로 작동하지 않는 당시 상황에 제대로 먹혔다. 집권세력 자체가 쿠데타를 일으킨 군인이었고 사회 곳곳에는 가진 자가 사회적 약자를 착취하였다. 검찰과 경찰은 정의를 구현한다기보다는 가진 자의 방패 역할을 하는 사람으로 여겨지는 터에 사악한 독재자가 아니라 좀도둑 수준 악한이라도 서민을 위해 주먹 하나로 좌충우돌 응징하는 모습은 마치 의적 홍길동을 보는 듯하였다.

소설에는 온갖 인간 군상이 등장한다. 부패한 관료, 악덕 기업주, 멀쩡한 처녀를 창녀로 전락시키는 조폭과 포주, 사람 있는 곳에 따르게 마련인 건달과 무위도식하는 소악당(小惡黨), 이들이 장총찬이 상대하는 악당이었다. 현재 기준으로 한다면 악을 타파하는 수준이 아니라 경고 정도의 귀여운 폭력이었으나 서슬 퍼런 군부 독재 시대에 세상을 비웃듯 법이 아닌 주먹으로 정의를 구현한다는 발상에 국민은 환호하였다. 정권에 정면으로 대항할 힘이 없던 국민이 소설로 대리만족을 느낀 것이리라.

정부에서는 불온서적으로 분류하여 군부대와 해외 근로현장에 판매 금지할 정도였으니 얼마나 국민이 뜨겁게 반응했는지 상상할 수 있으리라. 장총찬은 유리한 위치에서 거들먹거리며 약자를 괴롭히는 소악당을 무지막지한 욕설과 무자비한 구타로 서민의 울분을 풀어주었다.

주인공 장총찬의 이름은 원래 권총찬이었다고 한다. 권력에 대항하는 듯한 이름으로 검열을 피할 목적으로 성을 바꾸었다고 한다. 사실 권총 찬 경찰이 법을 구현하는 정의로운 세력이 아니라 강자와 결탁하여 약자를 착취하는 데 협조하였으니 주인공 이름으로 걸맞지 않았다. 군대에서 권총 찬 사람은 장교뿐이다. 대부분 국민이 병으로 복무하며 장총을 사용하므로 서민을 대변하는 주인공 이름으로 '장총 찬'이 제격이었다.

장총찬은 1980년대 가장 뜨거운 인기스타였다. 장총찬의 인기에 힘입어 총 네 차례의 영화 제작과 두 번이나 TV 드라마로 방영되었다. 개인은 자유롭지 못하고 사회는 평등과 공정이 작동하지 않던 시절 영웅은 좀도둑을 주먹으로 혼내주는 소설 속 주인공 장총찬이었다. 대학 시절 광주 비디오를 보고 울분에 떨던 청년 조자룡도 장총찬의 열혈 팬이었다.

3장

1983

선생님은 훌쩍이며 치료했다.

상처를 보지 못하는 나는 쓰라릴 뿐이었으나,

보는 선생님 마음은 참담했는가 보다.

.

.

.

슬프지 않던 나는

선생님의 연민에 갑자기 슬퍼졌다.

본문 「양호 선생님」에서

첫 수학여행 가는 길

1983년 5월 중간고사를 마치고 수학여행을 떠났다. 나에겐 첫 수학여행이었다. 중학교 2학년 때 첫 수학여행 기회가 있었지만 스스로 포기했다. 1980년 임천중학교 2학년 때였다. 당시 나는 반장이었으나 3만 원에 달하는 거액을 여행 간다고 달라고 할 염치가 없었다. 지레짐작으로 여행계획을 말하지도 않았으나 말했다한들 결과는 마찬가지였으리라.

금오공고는 좋은 학교였다. 열여섯 살 때까지 한 번도 누려보지 못한 온갖 호사를 누렸다. 가장 좋았던 건 역시 실컷 먹는 것이었다. 속옷과 운동화, 치약, 칫솔, 수건 등 모든 생활필수품을 넉넉하게 받아서 풍족하게 사용하였다. 부잣집 아이는 아무렇지도 않았겠으나 내겐 새로운 세상이었다. 수학여행 경비도 전액 국비였다. 돈 한 푼 내지 않고 2박 3일 여행한다니 꿈 같은 일 아닌가?

시험도 끝났겠다 금오공고 2학년 동기생 마음은 구름 위에 탄 듯

두둥실 떠올랐다. 울타리 안에서 밖으로 나간다는 자체가 일종의 해방이었다. 5월은 수학여행 철이다. 남학생만 모여 내무생활하는 금오공고에서 또래 여학생을 접할 방법은 없다. 설악산에는 전국에서 수학여행 온 학생이 득실거릴 터였다. 마음속에 뜻밖의 로맨스를 꿈꾸지 않은 사람은 없으리라.

열차를 타고 가는 중에는 간식과 도시락을 먹었던 것으로 기억한다. 학교에서는 매년 하는 행사이므로 세심하게 챙겨 불편한 점은 없었다. 누군가의 제안으로 스테레오 녹음기를 틀어놓고 디스코를 추었다. 아무런 이벤트 없이도 들끓는 청춘이다. 술 마시지 않은 상태에서도 모두 신나게 놀았다.

한참을 신나게 놀다 보니 강원도 어느 역에 당도하였다. 밖에서 열차 창문을 두드리는 소리가 났다. 누군가 창문을 여니 천만뜻밖에도 고향 충화면 만지리에 살던 동네 형님이 봉투를 내밀고 있었다.

"자룡아, 이것……."

"이게 뭔데요?"

"응, 얼마 안 되는데 수학여행 가서 용돈으로 써."

"안 돼요. 제가 왜 이걸 받아요?"

주겠다느니 안 받겠다느니 옥신각신하는 차에 형님은 봉투를 차 안에 던져놓고 횅하니 돌아섰다. 갑자기 눈물이 팽 돌았다. 이국만리는 아니지만 수백 킬로미터 떨어진 타향에서 우연히 동네 사람을 만난 것도 반가웠는데 용돈까지 주니 어쩔 줄을 몰랐다.

"형님, 감사합니다! 잘 쓸게요! 고맙습니다!"

형님은 역 개찰구 쪽에서 손을 흔들어 주었다. 그 형님은 동네에서도 착하기로 소문난 청년이었다. 처녀는 다 도시로 떠났던 시절이라 나이 서른을 넘긴 노총각이었다. 착하고 성실했으나 시골에서 농사짓는 사람에게 시집오려는 처녀는 없었다. 동네 사람은 연방 중매를 들었으나 좋은 소식은 없었다.

나중에 들은 이야기지만, 군에 간 동생 면회하려고 강원도에 왔는데 역에서 우연히 금오공고생이 수학여행 왔다는 말을 듣고 혹시 내가 있는지 물었다고 한다. 열차 맨 뒤 칸에서 내가 탄 열차 칸까지 창밖에서 물어물어 찾아온 것이다. 내가 뜻밖의 장소에서 고향 형님을 만나서 놀랍고 반가웠듯이 형님도 금오공고라는 말에 귀가 번쩍 뜨여 나를 찾아 나선 것이다.

봉투 안에는 오천 원권이 한 장 들어있었던 것으로 기억한다. 지금이야 큰돈이 아니지만, 당시 돈으로는 거액이었다. 더구나 나는 전혀 수입이 없는 고등학생 아니던가? 돈 봉투를 주겠다느니 안 받겠다느니 실랑이하는 모습을 같은 반 친구 종범이가 카메라에 담아 나중에 사진을 인화해 주었다. 아직도 그 사진을 간직하고 있다. 얼굴 없이 두 손목만 덩그러니 찍힌 사진이.

정말 고마웠다. 수중에는 거의 돈이 없었는데 비상금이 생긴 것이다. 얼마 후에는 그 돈을 요긴하게 사용할 일이 생긴다. 그래도 몽땅 사용할 수 없었다. 설악산 기념품 매점에서 고르고 골라 유리 상자에 든 에델바이스를 사서 여름방학 때 전해드렸다. 요즘도 나는지 모르겠지만 설악산에는 유럽 알프스에 사는 에델바이스가

자생하는 것으로 유명했다.

생애 첫 수학여행의 출발은 상쾌했다. 전혀 예상하지 못한 장소에서 뜻밖의 고향 형님을 만나 천금 같은 용돈을 받았으니 운수대통이었다. 기회란 자주 오는 게 아니다. 운이 좋을 때 최대한 움켜잡는 게 중요하다. 수학여행 기간에 더 좋은 일이 생길 것이란 예감에 가슴이 두근거렸다.

포천 종합고등학교

　수학여행 첫날은 이동과 방 배정으로 끝났던 것 같다. 첫날 기억나는 건 고향 신상복 형님에게 용돈 받은 게 전부다. 열차 전체를 배정받아(그게 그때는 가능했나?) 한 반에 열차 한 칸씩 차지하고 여행하였는데, 금오공고 다니는 조자룡 이름만으로 열차 칸마다 창문을 두드리고 물어물어 나를 찾아냈다는 게 지금 생각해도 불가사의하다. 어쨌든 특별한 수학여행에서 전혀 예상치 못한 장소에서 고향 형님의 뜻밖의 배려는 나를 특별하게 하였다. 그날 전자공학과 1반 주인공은 조자룡이었다.

　이튿날 본격적으로 설악산 산행이 시작되었다. 산행이라기보다는 현지답사였다. 울산바위나 대청봉 정상까지 오르는 게 아니라 고작 흔들바위까지 올라간 게 전부고 비선대 부근에서 오락으로 시간을 보냈다. 그건 대수로운 일이 아니었다. 질풍노도의 열혈남아 청춘 머릿속은 딱 한 가지로 꽉 찼다. 여자다. 병영과 다름없는 울타리 안 생활에서 여학생을 만날 기회는 없다. 여자친구를 만들 절호의 기회가 수학여행이었다. 당시 설악산은 전국 고등학생에게 가장 인기 있는 수학여행지였다. 우리 숙소 인근에는 온통 수학여행 온 학생 천지였다.

이 기회를 놓친다면 어쩌면 고등학교 3년 내내 여학생과 교제 한 번 하지 못하고 마치리라. 아름다운 청춘은 아무것도 하지 않아도 아름다운 것은 아니다. 누가 만들어주는 것도 아니다. 스스로 창조해야 한다. 청춘에게 가장 아름다운 게 무엇이겠는가? 공부 잘해서 명문대학 가는 것이 좋지만, 가장 부러운 건 역시 아름다운 여성과의 로맨스일 것이다. 친구 중 가장 으스대는 건 예쁜 여자친구 둔 놈이다.

나는 산을 오르내리면서 오고 가는 여학생을 유심히 관찰하였다. 예쁜 여학생이 먼저 내게 말을 걸어온다면 그보다 더 좋을 수 없겠으나 그건 마른하늘에 벼락 맞는 것보다 낮은 확률이리라. 그런 일은 있을 수 없다. 예쁜 여학생을 정해 도전해도 성공할 확률이 거의 없을지도 모르지만 기다리는 것보다는 나으리라.

1학년 시화전 준비 때 하늘이 준 기회를 놓쳤다. 한마디 말도 못했고 어떠한 접촉이 없었음에도 숨 막힐 듯한 충격과 공포를 받았던 기억이 생생하다. 그런 경험이 전혀 없었고 여자에 대해 아는 바가 없었기에 눈도 마주치지 못하고 선배 등 뒤로 숨었었다. 그 창백한 여학생의 성도 이름도 모른다. 아마 영원히 다시 만나지 못하리라. 만나더라도 알아볼 수조차 없을지도 모른다.

그런 일이 두 번 다시 반복되어서는 안 된다. 어쨌든 마음에 드는 여학생을 발견한다면 아무리 부끄럽고 수치스럽더라도 도전해야 한다. 하늘은 스스로 돕는 자를 돕는다고 하지 않았던가? 결과를 계산하지 말고 돌격해야 한다. 그게 내가 할 수 있는 전부다. 마음을 단단히 하고 면밀하게 관찰하였으나 마음에 드는 여학생은 쉽게 눈에 띄지 않았다. 얼굴이 예쁘면 몸매가 별로고, 뒷모습이 빼어나서 쫓아가서 보면 얼굴이 마음에 들지 않았다.

몇백 명 몇천 명을 주시하였으나 신통치 않아 어제 좋았던 행운이 벌써 시들었나 할 즈음 한 여학생이 눈에 번쩍 뜨였다. 적당한 키에 얼굴이 오밀조밀 균형 잡혔고, 송아지같이 큰 눈망울이 마음을 울렁이게 했다. 이미 수없이 다짐하고 연습한 대로 거두절미하고 도전하였다.

"저기요~ 마음에 들어서 그러는데 잠깐 얘기할 수 있나요?"

여학생은 힐끗 바라보더니 일언반구없이 외면하고 제 갈 길을 가는 게 아닌가? 한 번 찍어 넘어가는 나무는 없다. 한 번 찍어 넘어가는 나무는 살아 있는 나무가 아니라 완전히 썩어서 쓰러지기 일보 직전인 나무밖에 없으리라. 쫓아가면서 몇 번을 더 반복하였으나 발걸음을 재촉하여 달아날 뿐이었다. 한참을 쫓아가니 숙소로 들어갔다. 숙소에는 '환영 포천 종합고등학교'라는 현수막이 걸려 있었다.

포천이 경기도에 있는 군사도시라는 건 알고 있었으나 종합고등학교는 금시초문이었다. 포천종고는 남녀공학이었다. 여학생만 있어도 접근하기 힘든 판국에 갈수록 태산이었다. 그래도 수단과 방법을 가리지 않고 여학생 인적사항을 알아내기 위하여 노력하였다. 처음 보는 사람의 박대와 무시가 모욕이었으나 미인을 얻기 위해서는 감수해야 하리라. 당사자는 숨어버리고 여자친구는 히죽히죽 비웃으며 대꾸조차 하지 않았다. 남자친구는 두 눈을 부라리며 적대감을 숨기지 않았다.

남학생이 드러내는 적대감에 불쾌하지는 않았다. 자기 학교 미녀를 채가려는 남자를 어느 남학생이 좋아하겠는가? 여학생의 조소도 불쾌하지 않았다. 생면부지 남학생이 용감하게 접근하는 대상이 자신이 아니라 다른 여자라는 데서 선망과 질투가 아울러 생길 터였다. 선망과 질투를 잠재울 방법이 무엇인가? 적극적인 훼방과 비웃음이다. 어쨌든 눈꼴 신 꼬락서니를 보지 않으려면 잘 되게 돕는 게 아니라 최대한 방해해야 한다.

당사자가 호의적이라도 수많은 훼방꾼에 의해 일이 제대로 안 될 판에 당사자마저 상대하지 않으니 어쩔 도리가 없었다. 열 번 찍어 안 넘어가는 나무 없다지만 열 번이든 백 번이든 찍을 수 있는 거리까지 접근해야 하지 않는가? 사정거리 밖에 있는 나무를 찍을 방법은 없다. 내가 아무리 미녀를 좋아하고, 그 여학생이 절세미녀라고 해도 말이다.

태어나서 처음으로 시도했던 이성에 대한 접근은 가타부타 말 한마디 듣지 못하고 끝났다. 알 수 없는 일이었다. 내 생각으로는 내 외모와 재능과 원대한 꿈은 누구한테 뒤지지 않는데 여자가 남자 보는 눈이 없었다. 가문이나 재산까지 따진다면 별 볼 일 없는 게 사실이지만, 겉으로 드러나는 외모에서 그걸 확인할 방법은 없지 않은가?

그 예쁜 여학생이 나를 거부한 이유를 알 수 없었다. 아직 어린 것이다. 세상 물정 모르는 아이라서 사람 보는 눈이 없는 것이다. 그렇지 않다면야 나같이 훌륭한 사람을 몰라볼 리 없지 않은가?

여학생의 당연한 반응을 이상하게 여겼다. 물론 여학생이 어린 것은 아니었다. 백치가 아닌 이상 전혀 신분을 알 수 없는 남자의 한마디 유혹에 넘어가지 않으리라. 나는 세상 사람이 나와 같은 생각일 것이라고 여겼다. 혼자서 꿈꾸는 꿈과 이상, 세상을 정의로운 것으로 바꾸려는 욕망, 대한민국의 번영과 영광을 일굴 나를 알아볼 것으로 생각했다. 세상 사람은 정상이었다. 미친 건 나였다.

과대망상 속에서 수모를 감수한 나의 도전을 거부한 여학생을 용서했다. 용서는 강자만의 권한이다. 아직 어려서 나를 몰라보는 엄청난 실수를 하였지만, 머지않아 후회하리라. 내 정체를 알고 나서는 땅을 치며 후회하겠지만 이미 때는 늦으리라. 용서할 맘은 딱히 들지 않았으나 용서하지 않는다고 어쩌겠는가? 나는 용서의 의미도 몰랐다. 그건 용서가 아니라 인내였다.

그날 내가 알아낸 건 여학생의 이름이나 주소나 전화번호가 아니라 세상에 포천종고가 있다는 사실 뿐이었다. 스스로 여학생의 무지와 무례를 용서하였으나 마음은 즐겁지 않았다. 내 삶에서 짝이 있을지는 몰랐지만, 없다면 쓸데없는 짓을 한 셈이고 있다면 당장 눈앞에 없는 게 슬펐다. 아름다운 청춘을 허송세월하는 것 같아서 안타까웠다. 언제쯤이나 내 피앙세와 천하를 마음껏 누빌 것인가?

광란의 밤

처음 가는 수학여행, 설악산으로 가는 출발은 좋았다. 전혀 예상하지 못한 뜻밖의 장소에서 고향 형님을 만나 용돈까지 받았으니 운수대통이었다. 하늘이 내린 행운을 거머쥐기 위하여 둘째 날 비선대를 오르내리면서 수천 명 여학생을 뚫어지게 관찰 끝에 가장 마음에 드는 여학생에게 도전하였으나 무참하게 실패하였다. 여학생이 보기에 내가 어떤 점이 마음에 들지 않는지도 몰랐다. 한참을 졸졸 쫓아다니며 말을 걸었으나 단 한마디 대꾸조차 하지 않았으니까.

아마 머리끝에서 발끝까지 모든 게 마음에 들지 않았을 것이다. 내가 타인을 판단할 때는 겉으로 드러나는 모습이 기준이었으나 스스로 판단할 때는 먼 훗날 성공한 모습이 기준이었으니까……. 다른 사람은 곱게 단장하고 말쑥하게 차려입는 게 정상이었으나, 나는 체육복에 슬리퍼 차림이라도 문제없으리라 여겼다. 영화나

드라마에서 주인공은 어떤 모습이라도 멋있지 않은가? 싸구려 옷을 입어도 오히려 소박해서 매력적이지 않던가? 스스로 생각하기에 나는 주인공이었으므로 어떤 복장이나 태도도 상대에게 매력적으로 보일 터였다.

서른 가까이 나이가 들어서야 다른 사람의 생각이 다르다는 걸 알았다. 아름다운 청춘이 스러질 무렵에야 비로소 내가 바라보는 나와 타인이 보는 나는 상당한 괴리가 있다는 걸 알았다. 나는 과대망상 혹은 환상 속에 살았던 거다. 꿈속을 거니는 사람을 현실에서 인정하겠는가? 그의 외모와 태도와 말에서 매력을 느끼겠는가? 내가 보기에는 아직 어려서 세상 물정 모르는 여학생이었으나 지극히 정상이었다. 맘에 든다는 말 한마디에 혹해서 따라나서는 여학생이 오히려 이상했으리라.

기분은 망가졌다. 내 과대망상이었든 상대의 사람 보는 눈이 떨어졌든 결과는 마찬가지였다. 태어나서 처음으로 여자친구를 만들기 위한 도전은 실패한 것이다. 겉으로 드러내지는 않았으나 울적하였다. 주위를 보니 다른 친구도 성공한 사람은 거의 없었다. 젊음의 오만이 강렬한 것이기는 하나 콧대가 높기로는 상대도 마찬가지니, 성공할 확률은 극히 낮았다. 철조망 처진 금오공고를 출발할 때는 모두 가당찮은 꿍꿍이속이었으나 마음먹은 대로 되지 않는 현실에 시무룩하였다.

기분은 개판이었으나 이대로 끝낼 수는 없다. 고등학교 3년 중 단 한 번뿐인 수학여행 아니던가? 기분을 풀고 신나게 놀아야 한다. 기분전환에는 술이 최고다. 요즘은 어떤지 모르겠지만 육칠십 년대 시골에서는 아이도 일할 때 농주를 마셨다. 어른이 있을 때 는 괜찮다고 하면서 따라주셨다. 그래서 당시 동기 대부분 음주 경험이 있었다. 술을 마시고 싶었으나 엄하게 금주령을 내리고 숙소 현관에서 선생님이 지키고 있어서 몰래 술을 사 오는 게 쉽지 않았다. 같은 방에 배정된 십여 명이 머리를 맞대고 숙의하였다.

"일단 돈을 걷자. 두당 1,000원씩 내서 소주 열 병, 콜라 다섯 병, 새우깡 몇 봉지를 사서 가방에 넣어 숙소 창문으로 와라. 3층 이니 줄을 내려서 끌어올리면 된다."

누군가 기발한 아이디어를 냈다. 3층 창문에는 보안 철문이 설 치되지 않아서 가능한 작전이었다. 먼저 긴 줄을 사서 방에 대기하 고 있다가 술 사 온 친구가 도착하자 줄을 내렸다. 술과 콜라와 새 우깡을 넣은 색(sack)을 줄로 묶어 조심스럽게 끌어올리기 시작했 다. 조심스럽게 한다고 하였지만, 줄이 자꾸 출렁였다. 1층을 지날 무렵 베란다 끝의 난간에 걸리면서 크게 출렁였다.

"저, 저런~"

"조심해! 부딪친다."

"어이쿠, 저런 저런……. 아!"

지켜보고 있던 우리의 안타까운 탄식에도 크게 출렁인 색은 벽 에 세게 부딪쳤다. 병에 든 소주와 콜라가 콘크리트 벽에 부딪혔으 니 무사할 리 없었다. '쨍그랑'하고 박살 나는 소리가 선명하게 들 렸다. 우리의 소중한 비상금만 날린 것이다. 어쩔 수 없이 다시 돈을 모아서 다시 시도했다. 한 번의 경험이 있었기에 두 번째는 성공이었다. 색이 무사히 올라간 걸 확인하고 현관을 통해 들어오는 친구는 희희낙락이었다.

"뭐 기분 좋은 일이 있능가?"

현관을 지키던 선생님의 이상히 여겨 묻자

"그라모 수학여행 와서 즐겁지, 울어야 합니꺼?"

천연덕스럽게 둘러치고 올라오는 동기가 씩씩하였다. 술을 자주 하지도 않을뿐더러 안주가 시원찮아서 종이컵에 소주와 콜라를 반반 섞어 마셨다. 당시 25도짜리 소주가 써서 학생은 콜라와 섞어 마시는 게 유행이었다. 술 마시지 않는 친구 몇은 콜라잔을 들고 힘차게 건배하였다.

"뜨거운 청춘을 위하여!"

"아름다운 밤, 환상적인 밤을 위하여!"

"광란의 밤을 위하여!"

교대로 무언가 구호를 외치며 빠르게 술 분위기에 젖어 들었다. 서너 잔 술이 넘어가자 비로소 울적했던 기분이 풀어졌다. 어차피 내가 세상의 주인공인 마당에 오늘 본 여학생이 최고 미녀일 리도 마지막일 리도 없다. 신은 더 아리따운 여성을 만나게 하려고 뜸 들이는 게 틀림없다. 더 아름다운 여자를 점지하려는 신의 배려에 기분 나쁠 게 무어란 말인가? 모두 술기운에 우쭐해져서 용기백배 해졌다. 누군가의 유행가 선창에 목이 터지도록 따라부르며 분위기에 젖어 들었다.

　　　　　　　　　　　　얼룩무늬 청춘 1 - 금오공고 편

그때 안내방송이 나왔다. 숙소 앞마당에 조명과 음악을 설치하였으니 모두 나와 즐기라는 것이었다. 1층에 내려와 보니 이미 광란의 도가니였다. 현란한 사이키 조명과 디스코 팝송에 맞추어 수백 명이 어우러져 뒷간 구더기 떼같이 꿈틀대고 있었다. 한 치의 망설임 없이 우리는 모두 군중 속으로 뛰어들었다. 그때부터 자정이 지나도록 고함을 지르며 격렬하게 온몸을 흔들어댔다.

그날 우리가 술을 마시지 않았다면 그렇게 신나게 놀지도, 오랫동안 춤을 추지도, 상대를 가리지 않고 얼싸안고 뽀뽀하며 미친 듯이 날뛰지 못했을 것이다. 술은 이성을 마비시킨다. 오직 본능에 충실하게 한다. 아무 생각 없이 본능에 따라 광란의 밤을 보냈다. 나는 만취 상태였다. 다른 사람보다 더 취할 욕심으로 탐욕스럽게 술을 마신 덕분이었다. 마지막에는 친구에게 끌려 들어와 자는 것도 모를 정도였다.

누군가 정신 멀쩡한 친구가 웃옷을 벗어젖히고 미친 듯이 몸을 흔드는 모습을 카메라에 담았다. 당시에는 몰랐지만, 나중에 사진을 보니 가관이었다. 하긴 이성이 마비된 본능이 무슨 짓은 안 하겠는가? 술은 즐거움을 주나 조심해야 한다. 자신도 모르는 무의식이나 잠재의식이 드러날 때 곤란할 수 있다. 고등학교 수학여행 때는 좋았다. 이성이 마비된 상태의 무아지경은 황홀한 것이었다. 1983년 금오공고 2학년 설악산 수학여행은 아름다운 추억이다.

양호 선생님

  학교에는 대개 양호 선생님이 있다. 학생의 건강이나 위생을 돌보는 선생님으로 어떤 취지에서인지 자세히 알 수 없으나 초등학교, 중학교에도 양호 선생님은 있었다. 초중학교 때는 양호 선생님에 대한 추억이 없으나 금오공고에서는 꽤 밀접한 관계가 있었다.

  금오공고는 '조국 근대화의 기수'라는 슬로건을 앞세우고 공업 입국을 목표로 하는 박정희 전 대통령 주도로 설립되었으나, 운영 주체가 국방부로 결정됨으로써 애초 취지에 무색하게 기술부사관을 양성하는 군사학교로 전락하였다. 물론 일반업체에 필요한 고급 기술인력 못지않게 국방 전력 향상을 위해서는 새로운 장비 취급과 정비를 전담할 기술자가 필요하다. 그렇더라도 전교 수석을 모아 최고급 시설에서 최신 기술을 습득한 고급인력을 장기 근무 부사관으로 활용하는 것은 낭비였다.

  졸업 후 부사관 장기 복무가 결정된 상태에서 정규 수업 시간에 군사학을 배우는 학생은 준 군인이었다. 실제로 군복과 군화와 개인 총기까지 지급되었다. 군대 문화의 특징이 무엇인가? '까라면 깐다.'와 '무에서 유를 창조한다.'라는 단순무식한 구호 아래 상명하복이다. 상관이나 상급자나 선임은 하늘이다. 그때나 지금이나 구타나 가혹행위는 금지였으나 상명하복이 제대로 이루어지지 않으면 즉시 등장하는 게 물리적 제재다. 심지어는 상명하복에 철저해도 심심풀이나 개인 스트레스 해소를 목적으로 암묵적으로 이루어졌다.

현재는 거의 사라졌지만 삼사십 년 전만 해도 공식적으로 금지인 구타는 공공연하게 이루어졌다. 선생도 때리고 교관도 때리고 선배도 때렸다. 아버지한테, 형한테, 선생한테, 선배한테 맞고 자랐고, 스스로 동생이나 후배를 때린 적도 있으므로 전혀 이상하지 않았고, 잘못하면 맞는 게 당연하다고 생각할 때였다. 대부분 사람은 학교폭력의 피해자이자 가해자였다.

화가 나서 한두 대 주먹질이나 발길질이 아니라 수십, 수백 명을 단체로 얼차려와 수십 대 구타를 서슴지 않았다. 폭행 대상이 많을 때는 주먹보다는 기구를 사용하는 게 효과적이다. 이때 사용되는 게 주로 봉걸레 자루, 쇠파이프, PVC 파이프, 대나무였다. 가장 공포를 자아내는 건 대나무였고 고통스러운 건 쇠파이프였다.

대나무는 속이 빈 데다 세로로 잘 갈라져 때리면 큰 소리가 났다. 동료의 신음과 더불어 '쩍~ 쩍~' 째지는 소리는 소름 끼쳤다. 쇠파이프는 소리는 거의 나지 않았지만, 통증이 오래갔다. 쇠파이프로 맞으면 겉으로 외상은 보이지 않았으나 속으로 멍든 상처가 나으려면 긴 시간이 필요했다.

대나무로 맞으면 맞기 전과 맞을 때는 두려웠으나 실제 통증은 심하지 않았다. 문제는 구타 흔적이었다. 어느 정도 구타하면 찢어지게 마련인 대나무는 살갗에 흠을 냈고 스무 대 이상 맞으면 엉덩이가 피투성이가 되기 일쑤였다. 2학년 어느 날 맞은 이유와 때린 사람은 기억나지 않으나 많이 맞아서 엉덩이가 쓰라렸다. 참지 못하고 수업 시간에 양호실을 찾았다.

양호 선생님은 미혼 여성이었는데 절세미녀는 아니더라도 예쁘장한 얼굴에 키가 크고 몸매가 날씬한 호감 가는 형이었다. 이유를 말하고 바지를 내린 다음 침대에 엎드렸다. 팬티를 내리려고 하였으나 피가 엉겨 붙었는지 잘 내려지지 않았다. 어쩔 수 없이 선생님의 도움을 받아야 했다.

"뭐하다 이렇게 된 거야? 언제, 누가 이렇게 만들었지?"

"계단에서 미끄러져서 그래요."

선생님의 질문에 생각나는 대로 핑계를 댔다. 물론 경험 많은 양호 선생님이 그런 어설픈 거짓말에 속아 넘어갈 리는 없었다. 그래도 사실대로 말할 수는 없었다. 고자질은 남자 세계에서 터부였다. 목숨이 달린 일이 아닌 이상 동기나 선후배의 비행을 이실직고하는 건 영원한 결별을 의미했다. 삼국지 관운장을 남자의 이상향으로 알았던 내가 그런 짓을 할 수는 없었다.

피가 난 낌새는 알아차렸으나 엉덩이는 내 눈으로 확인할 수 없는 부위다. 소독약을 뿌리며 팬티를 떼려 했으나 이미 피가 굳은

지 오래라 딱지가 함께 떨어져 나가 고통스러웠다. 연신 신음하는 나를 아랑곳하지 않고 선생님은 홀쩍이며 치료했다. 상처를 보지 못하는 나는 쓰라릴 뿐이었으나, 보면서 치료하는 선생님 마음은 참담했는가 보다. 맞을 때는 고통스러웠고, 치료하는 지금은 쓰라렸으나 슬프지 않던 나는 선생님의 연민에 갑자기 슬퍼졌다.

금오공고 생활 1년이 지난 터라 모든 게 익숙하였고, 스스로 누구에게도 지지 않을 사나이라고 자부하였다. 각박할 때는 버텼으나 동정에는 무너졌다. 겉모습은 유격훈련과 소총 실사격을 경험한 군인이었으나 마음속 잠재의식은 아직 열여덟 소년이었다. 맞을 때는 강했어도 나를 위해 슬퍼하는 사람을 보자 어린이가 되었다.

사실 살아오면서 누군가에게 맞을 때 진심으로 가슴 아파하고 눈물 흘린 사람은 어머니가 전부였다. 다른 사람 눈에 나는 단지 풍경일 뿐이었다. 아무리 아파하고 힘들어해도 찬바람에 낙엽 지는 가로수 보듯 했다. 나는 누구도 감동하는 존재가 아니었다. 선생님의 흐느낌에 갑자기 아파 왔다. 나이에 걸맞은 소년으로 돌아온 것이다.

양호 선생님이 나에게 특별한 존재는 아니었으나 아주 작은 연민은 사람을 생각하게 하였다. 누군가의 지시에 단순일변도로 따르는 로봇이 아니라 감정을 가진 사람임을 자각하였다. 뒤에 들은 말로는 나뿐만 아니라 경험한 동기가 많았다. 천이백 명이 모여 사는 남자 집단에서 구타와 사고가 없을 리 없었다. 그들이 찾을 곳이 어디겠는가? 철조망 처진 울타리 밖으로 나갈 방법은 없다. 치료장소는 양호실뿐이었다. 담임선생님이나 생활지도 선생님도 모르던 사실을 양호 선생님을 알고 있었다. 남자 세계의 일원으로서 비밀을 지켰을 뿐이다.

졸업 후에 알게 된 사실은 그 양호 선생님이 일 년 선배와 결혼했다는 것이었다. 아마 그 선배는 어떤 이유에선가 유달리 많은 구타를 당한 사람이었을 것이다. 상처 입고 갈 때마다 흐느끼는 선생님에게 나처럼 모성애를 느끼다가 어느 날 이성으로 다가왔으리라. 나이 차이가 상당했을 텐데도 춥고 외로운 영혼에 그런 건 문제가 안 된다. 외로운 사람에게는 관심이든 연민이든 사랑으로 다가온다. 대개 첫사랑은 실패한다지만, 춥고 외롭고 괴로운 시기에 다가온 첫사랑에 선배는 성공하였다. 지금은 어디서 어떻게 살고 계실까?

서울 지하철역 집단 구타 사건

    금오공고에 입학하던 1982년 마침내 학생 숙원인 복장과 두발 자유화가 이루어졌다. 박정희 군사정권에서 전두환 군사정권으로 크게 바뀐 게 없었지만, 국민의 불만 무마와 분위기 전환을 위하여 야간 통행 금지 해제와 함께 교복과 머리카락 길이를 학교 자율에 맡겼다.

    박정희 대통령 시절은 일종의 병영국가였다. 학생뿐만 아니라 성인 남자 장발과 성인 여성 미니스커트를 단속했다. 경찰이 거리에서 자로 무릎에서 치마까지 재는 진풍경이 벌어졌다. 밤 열두 시가 되면 사이렌이 울리고 일체의 통행이 금지되었다. 민주화를 고대하던 국민의 군사정권 연장에 따른 울분을 달래느라 정부에서 유화 조치한 것이다.

    칠십년대까지 억압되었던 사회적 자유가 상당 부분 풀렸다. 교복과 스포츠머리로 성인과 확연히 구분되던 학생이 교복과 두발 자유화로 식별이 어려워졌다. 해방 이후 교복 입은 학생만 보았던 어른의 학생 탈선을 우려하는 목소리가 높았으나, 국민이 정치에서 관심을 돌리는 일이 급선무였던 정부는 밀어붙였다. 우려는 기우였다. 야간 통행 금지 해제로 소비가 급증하여 경제는 활기를 띠었고, 교복과 두발 자유화로 학생 탈선의 폭발적 증가 같은 건 없었다. 늦은 감이 있었고, 목적이 따로 있었지만, 야간 통행 금지 해제와 교복 두발 자유화는 적절한 조치였다.

교복과 두발 자유화가 하필 금오공고 입학하던 해여서 또래가 누렸던 자유를 누릴 수는 없었다. 금오공고는 외출할 때는 사관학교 제복과 비슷한 교복을 착용하였고, 평소에는 실습복 차림으로 생활하였다. 고등학교 때 입었던 옷은 교복과 실습복과 체육복과 군복이 전부였다. 외모와 생각이 다르고 독립한 영혼을 소유하였으나 겉으로 보기에 구분이 어려운 유니폼을 착용하였다. 복장이 같으면 통제하기 쉽다. 자유로운 영혼이 되려면 3년을 더 기다려야 했다.

무슨 일로 서울에 갔는지는 기억나지 않는다. 1983년 금오공고 2학년에 재학하던 어느 날 동기 박재혁과 서울에 갔다. 서울에 자주 가지 않아서 서울 지리도 모르고 버스나 지하철 타는 게 생소하였다. 구미는 아주 작은 도시였기에 풍경만으로 위치 파악이 가능하였으나, 서울에서는 오로지 지명에 의존해야 했다. 이동하기 위해 재혁이와 지하철을 탔다. 대구가 집인 재혁이는 나보다는 도시 길눈이 밝았다. 나는 재혁이만 따라다녔다. 어느 역에서 갑자기 재혁이가 사라졌다. 먼저 내리면 내가 따라 내리리라 생각하였으나 나는 딴생각하느라 재혁이가 내리는 걸 몰랐다. 알아차렸을 때는 이미 지하철이 출발한 후였다.

당황하여 어쩔 줄을 몰랐으나 그야말로 차 떠난 뒤 손 흔들기였다. 어떠한 대책도 없었다. 지금이야 핸드폰이 있으므로 서로 통화하여 만날 장소를 정하면 그만이지만 핸드폰은 2000년 이후에 생긴 물건이다. 내가 다음 역에서 내려 돌아가든지, 다음 역에서 재혁이가 올 때까지 기다리는 방법밖에 없었다. 어떤 방법이든 일단 내려야 했다.

재혁이가 내린 다음 역에서 무조건 내렸는데 놀라운 일이 벌어지고 있었다. 수천수만 명이 오가는 지하철역에서 집단 구타가 벌어지고 있었다. 학생으로 보이는 다섯이 바닥에 나란히 무릎 꿇고 앉아있고, 여섯 명은 뒤에서 발길질하고 있었다.

나는 경악하였다. 사람이 사람을 때릴 수는 있다. 잘못하면 맞는 게 당연한 시절이었고, 잘못이 없어도 힘없는 사람이 맞는 게 예사이던 시절이었다. 그렇지만 인적이 드문 장소에서 하든가, 단체로 하는 기합이나 구타라면 학교나 훈련소에서 선생님이나 교관이나 할 수 있는 일이었다.

민주공화국 대한민국 수도 서울에서, 천만 명이 거주하는 서울 시내 한복판 수많은 인파가 북적이는 지하철역에서 태연하게 집단 구타하는 모습에 나는 분노하고 경악하였다. 그 많은 시민이 쳐다보지도 않고 지나치는데 놀랐다. 누구도 관여하지 않았다. 혹시 눈이라도 마주칠까 봐 눈길조차 주지 않았다. 화가 꼭뒤까지 오른 나는 앞뒤 가리지 않고 때리는 학생에게 다가가 고함쳤다.

"이게 무슨 짓인가? 너희는 누군데 서울 시민이 북적이는 지하철 역 한복판에서 집단으로 구타하고 있는가?"

"교육 중입니다. 얘들은 1학년 후배인데 학교 화장실에서 담배 피우던 게 발견되어 다시 하지 말도록 교육하고 있는 겁니다."

나는 무릎 꿇고 있던 다섯 명에게 일어서라고 말하고 우선 사실 여부를 확인하였다.

"모두 일어서! 얘가 하는 말이 맞는가? 너희가 학교 후배고 학교 에서 담배 피우다 들킨 사실이 있는가?"

"예, 모두 맞습니다."

"사실이라고 해도 그렇다. 아무리 후배가 잘못했어도 현장에서 지도하거나 선생님을 통해서 계도 해야지, 이렇게 많은 시민이 지 켜보는 가운데 구타를 하면 되겠는가? 구타해서도 안 되지만 설령 하더라도 공공장소에서 자랑하듯 할 일은 아니지 않은가? 당장 해 산하고 학교에서 해결하도록!"

화가 잔뜩 나서 큰 소리로 질책하는 나에게 꿈쩍 못하고 죄송하다 는 사과의 말과 함께 서로 다른 방향으로 흩어졌다. 무슨 일이든 일 단 기선제압이 중요하다. 반말과 고함으로 꾸짖으며 다가가자 떳떳하 지 않은 행위를 하던 차에 기가 죽지 않을 수 없었다. 내가 겉으로 보기에는 혼자지만 어디엔가 일행이 있을지도 모르는 일이었다. 혼 자라면 열 명 넘는 학생에게 감히 훈계하는 도발을 했겠는가?

내가 지적하고 훈계하는 동안에도 시민은 쳐다보지 않고 묵연히 지나칠 뿐이었다. 자칫 시비에 휘말려 봉변당할까 두려운 것이다. 5분여 질풍노도 같은 시간이 흐르자 앞 역에서 내렸던 재혁이가 다음 열차를 타고 부리나케 쫓아와 내렸다. 상황을 설명하자 기겁을 하였다.

"니 죽을라고 환장했나? 요즘 세상이 어떤 세상이라고 고등학생에게 함부로 설교가, 설교가? 그카다가 칼침 맞기 딱 맞데이."

아닌 게 아니라 여섯 명이 합세하여 나를 제압하고 몰매라도 놓았으면 무관심한 시민의 행태를 보았을 때 나만 묵사발이 났을 게 뻔했다. 친구 말을 듣자 등에 식은땀이 흘렀다. 사실 나도 같은 고등학교 2학년 학생이 아니던가? 두발 자유화로 학생 머리는 길었으나 군사 훈련받던 금오공고생인 나는 머리가 스포츠형이었으므로 아마 군인으로 착각하였으리라. 고등학교 2학년이 혼자서 또래 여러 명에게 훈계하리라고는 상상도 하지 못하였으리라.

십 대 조자룡은 용감하였다. 삼국지에 나오는 관운장의 기개를 숭상하고 조자룡의 무용을 흠모했던 나는 조자룡 같은 무용을 갖추지 못하였으나 관운장의 기백만은 있었다. 초등학교 중학교 때 서열 정하기 싸움 수백 차례, 또래의 어떠한 모욕도 용서하지 않았던 십 대 조자룡은 질풍노도(疾風怒濤) 열혈남아(熱血男兒) 그것이었다.

이산가족을 찾습니다

　　1983년 한반도는 온통 울음바다였다. KBS에서 방송한 '생방송 이산가족을 찾습니다' 프로그램은 단박에 온 국민의 시선을 사로 잡았다. 휴전 30주년 기념 특별기획 2부작 '지금도 이런 아픔이'라 는 특집방송 중 2부 '생방송 이산가족을 찾습니다.'라는 코너로 1시 간 30분 방영 예정이었다. 6월 30일 방송이 시작되자 난리가 났 다. 상봉 신청이 쇄도하여 방송을 끝낼 수 없었다. 긴급 대책회의 끝에 새벽 2시 30분까지 연장하고 이튿날 다시 하기로 했다. 첫날 4시간 동안 신청자가 이천여 명에 달했다.

　　'생방송 이산가족을 찾습니다.' 방송은 전 국민을 울렸고 그대로 열병이 되었다. 모두가 주목하고 함께 기뻐하고 함께 울었다. 한국 인을 냄비 근성으로 비하하는 사람이 있으나, 정체성이 그만큼 유 사하다. 누군가 기뻐하거나 슬퍼한다면 자신과도 연결될 가능성이 크다. 대한민국 국민은 급격한 환경 변화를 공동 경험함으로써 개인 성향보다는 집단 정체성에 더 큰 영향을 받았다. 폭풍우에 휩쓸린 일엽편주가 할 일은 많지 않다. 국민 개인이 자신만의 독특한 가치관을 구성하기에 힘들 정도로 근대 대한민국은 격변의 연속이었다.

젊은이는 이해할 수 없을지도 모른다. 무슨 이산가족이 그렇게 많은지를 말이다. 해방 전에 독립운동을 위해 출국한 사람, 일자리를 찾아 떠났던 사람, 징용에 끌려갔던 사람이 모두 고향으로 돌아오기도 전에 남북으로 분단되었고, 곧이어 한국 전쟁이 터졌다. 휴전선 근처에서 밀고 밀리는 접전이 벌어졌다면 그다지 충격이 없었으리라. 전선은 남쪽 끝까지 갔다가 북쪽 끝으로 갔다. 중공군에 의해 다시 밀려 현재 휴전선 근처에서 옥신각신하였다. 전선이 전국을 오르내렸고 그 와중에 좌우로 갈린 국민은 흩어졌다. 가족의 사상이 같으란 법은 없다. 형제가 적군으로 싸운 경우도 흔했다. 이념 차이로 남과 북으로 헤어지고 전쟁통에 동서로 흩어졌다.

전쟁이 끝났어도 서로 생사를 모르는 가족이 많았다. 시골이 고향인 사람은 그나마 연결고리를 찾을 수 있었으나 폭격으로 사라진 도시민이나 탈북 실향민은 찾을 방법이 없었다. 당장 생계가 급해 가족 찾기에 전념할 수도 없었다. 30년은 한 세대가 지나갈 시간이다. 더 흘렀다면 기억과 수명의 한계로 만날 가능성이 희박했으리라. 적절한 시점에 방송 기술의 발전이 이산가족 찾기 광풍을 불러일으켰다.

10만 명 이상이 신청하고, 5만 명 이상의 사연이 방송되었으며, 1

만 가족 이상의 사람이 상봉하였다고 한다. 단발성 계획이었던 생방송은 1983년 6월 30일부터 11월 14일까지 138일, 총 453시간 45분 방송하였다. 단일 방송 프로그램으로 세계 최장기간 생방송 기록이다.

극심한 혼란 뒤 긴 세월이 흘렀으므로 기구한 사연도 많았다. 피난 와중에 부모 손을 놓쳐 천애 고아가 되어서 식모살이를 하며 어렵게 살아온 중년 여성이 가족을 찾은 뒤 "왜 나만 버렸느냐?"라며 울부짖자 칠순 노모가 공개홀에서 실신하였다. 버리지 않았다는 사실을 번연히 알면서도 지난 세월 한을 그렇게 풀었다.

이산가족을 찾는 사람이 여의도로 몰린다는 소식에 무작정 여의도로 가는 사람이 많았고 실제로 방송이 아니라 현장에서 만난 사람도 여럿이었다. 벽보를 붙이러 왔다가 아버지 이름이 붙은 벽보를 보고 형제를 찾은 사람, 방송국에서 나란히 앉았는데 이상하게 사연이 비슷하여 몇 마디 말을 나누다가 헤어진 남매라는 걸 알게 된 사연도 있었다.

너무 어릴 때 헤어져 부모 형제 이름도 제대로 기억하지 못하는 사람이 노모가 간절하게 설명하는 가족 인적사항과 살던 동네 이야기, 신체 특징에 고개를 끄떡이다가 "어머니!"를 외치는 대목에서는 모두가 눈물을 떨구었다.

전 세계에 전파된 '생방송 이산가족을 찾습니다.' 방송은 무명 가수를 스타로 만들었다. 당시 스물여섯의 나이로 데뷔 2년 차 가수였으나 무명이었던 설운도는 방송을 보다가 '이거다!' 싶어서 '아버지'라는 곡을 하루 만에 개사하여 녹음한 후에 방송국에 가져다주었다고 한다. 방송 상황과 정확히 부합하는 '잃어버린 30년'은 138일 동안 국민의 눈과 귀를 사로잡은 생방송 덕택에 그대로 국민가요가 되었고, 설운도는 국민 가수가 되었다. 지금도 '잃어버린 30년'은 국민 애창곡이다.

비가 오나 눈이 오나 바람이 부나
그리웠던 삼십 년 세월
의지할 곳 없는 이 몸 서러워하며
그 얼마나 울었던가요
우리 형제 이제라도 다시 만나서
못다 한 정 나누는데
어머님 아버님 그 어디에 계십니까
목 메이게 불러 봅니다

아버지가 칠대 독자인 우리 가족은 이산가족이 아니다. 해방 전에 할아버지 사망으로 만주로 이주한 고모가 한 분 있었는데, 사촌 형제 몇이 교포 자격으로 입국하여 이미 우리 집에 들른 적이 있었다.

이산가족이 아니라고 무심할 수 없었다. 언론에서 대서특필하여 전 국민의 관심을 끌어서이기도 하지만, 사연이 워낙 기구한 사람이 많았다. 이산가족 상봉은 매일 이루어졌지만, 사연은 모두 달랐다. 당사자의 애달픈 사연과 이미 고인이 된 부모를 그리며 대성통곡하는 모습이 남의 일일 수만은 없었다. 핸드폰이 없던 시절, 해방과 남북분단에 이어 발생한 한국 전쟁은 전 국토를 전쟁터로 만들었다. 전쟁터에서 살아남은 사람은 대부분 이산의 아픔을 경험하였다. 삼십 년을 자신의 의사와 무관하게 떨어져 산 사람의 아픔을 충분히 공감하였다.

한국인은 자주 집단 최면상태에 빠진다. 쉽게 공감할 경험을 공유해서다. 자기 일이 아님에도 환호하고 아파할 때가 많다. 1983년 방영한 '생방송 이산가족을 찾습니다'라는 TV 방송은 전 국민을 울고 웃게 하였다. 잊고 있던 감성을 들추어 집단 정체성을 크게 한 일대 사건이었다.

아웅산 폭탄 테러

1983년 10월 9일 충격적인 뉴스가 전해졌다. 미얀마를 방문 중인 전두환 대통령 살해를 목적으로 한 북한의 폭탄 테러가 발생하여 다행히 대통령은 무사하였으나 서석준 부총리, 이범석 외무부장관 등 17명의 수행원이 사망하였다는 소식이었다. 천인공노할 만행에 머리끝이 쭈뼛할 정도로 분노와 더불어 공포가 엄습했다.

이건 그야말로 선전포고다. 이러한 도발에 주권과 군사력을 가진 나라로서 보복하지 않을 나라가 있겠는가? 더구나 범행 대상이 군사 쿠데타로 정권을 잡은 군 통수권자다. 가장 군에 영향력이 강하고 당시 육군 사관학교 출신 하나회가 군 실세였던 점을 고려하면 전쟁은 불문가지였다.

이전에도 북의 도발은 끊임없이 이어졌다. 초등학교 시절 반공영화 단골 소재였던 울진·삼척 무장공비 침투사건과 김신조 일당의 청와대 습격 사건이 있었고, 문세광의 광복절 박정희 저격 미

수 사건으로 영부인 육영수 여사가 숨지기도 하였다. 당연히 박정희 대통령은 격분하여 전쟁을 검토하였으나, 북에 대한 공격이 중국과 소련을 자극하여 세계대전으로 발전할 것을 두려워한 미국의 필사적인 만류로 중지하였다.

나는 울진·삼척 무장공비 침투사건으로 살해당한 당시 초등학생 어린이 이승복이 외쳤다는 "나는 공산당이 싫어요."라는 말이 사실임을 확신하였다. '이 세상에서 악마 같은 공산주의자를 모두 말살하리라. 가능하다면 내 손으로.' 이것이 초등학생 당시 조자룡의 다짐이었다. 그래서 가장 효과적으로 공산당을 쳐부수기 위한 수단으로 장군이나 대통령을 희망하였고, 직업군인이 되는 금오공고에 오게 된 것이다. 공산주의자 말살이 꿈이고, 전쟁에서 승리하는 주역이기를 바랐으며, 영화 속 주인공처럼 장렬한 전사를 희망하였으나 막상 눈앞으로 다가온 전쟁에 전율하였다.

조선 시대까지 칼이나 활로 싸웠던 방식이나 KBS 드라마 탤런트 나시찬의 '전우'처럼 소총으로 하는 소대·분대 전투 같은 낭만적인 전쟁은 없을 것이다. 가공할 화력에 개인이 대응할 수 있는 건 없다. 죽고 사는 건 순전히 운명에 맡겨야 한다. 태어나서 처음으로 죽음에 대한 공포가 밀려 왔다.

전쟁에서 도망할 계획이었다면 그렇게 두렵지 않았을 것이다. 전쟁이 발발한다면 군사교육을 받은 금오공고생은 자동 입대다. M16 소총 사격은 할 수 있으나 아직 신체나 정신은 전투 준비가 덜 되었다. 계급장도 원하는 수준이 아니었다. 내가 주도해서 전투를 지휘할 상황이 아니다. 그렇더라도 전쟁이 일어난다면 피할 수 없으리라. 너무 일찍 맞이한 운명의 순간, 나는 다부지게 마음 먹었다. 운명을 거부하지도 순응하지도 않고 운명에 맞서 처절하게 싸우리라. 결코, 물러서지 않으리라.

전두환 대통령이 살아남은 건 천우신조였다. 영접과 수행 예정이었던 미얀마 외무부 장관이 탑승한 자동차 고장에 계획보다 시간이 지연된 점, 행사장에 먼저 도착한 주미얀마 한국 대사와 대통령 비서실장 외모가 대통령과 닮은 점, 대통령 도착과 동시에 울릴 예정이던 진혼곡이 나팔수의 실수로 울린 것이 뒤섞여 대통령은 살해를 모면하였다.

북 테러범 강철민에 따르면 전두환이 늦게 오는 걸 알았고, 그에 맞추어 폭탄을 터뜨리려고 준비하였으나 원격 조정 폭탄이 현장에 있던 무전기 전파 간섭으로 터졌다고 한다. 어떤 이유에서든 살 확률보다는 죽을 확률이 훨씬 높았고, 하나의 조건이라도 빠졌다면 암살이 성공했을 거라는 측면에서 대통령의 생존은 기적이었다.

어떤 나라도 즉각 보복 공격으로 당연히 전쟁이 발발할 상황이었으나 전쟁은 일어나지 않았다. 가장 큰 이유는 냉전체제에서 서로를 못 잡아먹어 안달하던 미국과 소련이었으나 핵에 대한 공포로 세계대전 실마리를 차단하기 위해 노력하였다. 남과 북이 정면충돌한다면 동맹관계인 미·소가 발을 뺄 명분이 없어진다. 대의명분에 이끌려 미·소가 전쟁에 개입하는 순간 인류는 결정적 위기를 맞게 된다. 미국과 소련뿐 아니라 사실 전 인류가 두려워하는 시나

리오이기도 했다.

미국의 지원 확약 없는 전쟁은 도박이었다. 승패는 오리무중이었다. 승패는 알 수 없으나 확실한 건 전 국토가 초토화되고 국민 대부분이 죽거나 비참한 상태에 빠지리란 점이었다. 전두환 대통령은 본인 기분과 무관하게 분기 충전한 군내 사조직 하나회 반발을 무마하느라 군 기지를 순회하였다. 허락 없이 북에 도발하는 자는 반란으로 간주하겠다는 엄포를 놓았다고 한다.

미얀마 아웅산 폭탄 테러에 전두환 대통령이 살아남은 게 천우신조였다면, 그러한 끔찍한 사태에도 미·소와 전 인류가 반대하여 전쟁이 발생하지 않은 건 대한민국의 천우신조였다. 그때 전쟁이 일어났다면 어느 쪽으로 통일이 이루어졌을지는 모르나 절반 이상의 국민이 살상하고 전 국토가 폐허가 되어 선진국은 꿈도 꾸지 못했으리라. 삼포, 오포, 칠포세대로 자조하는 젊은이는 존재조차 할 수 없었으리라.

인간을 소중하게 여기는 마음도 없었고, 사람을 사랑하지도 않는 상태에서 세뇌된 교육의 힘으로 빨갱이 박멸을 꿈꾸었던 미성숙한 나에게도 전쟁이 일어나지 않은 건 천우신조였다. 만약 전투에 나섰다면 두려움 없이 앞장서서 어려서 꿈꾸었듯 장렬한 최후를 맞았으리라.

아웅산 폭탄 테러는 용서할 수 없는 죄악이요, 무모한 도발이었고, 전쟁이 당연한 상황이었다. 불행한 역사였으나 그 와중에도 전두환이 살아남고 미국과 소련의 막후 협상으로 전쟁이 일어나지 않은 것은 행운이었다. 어떤 전쟁 결과라도 재기불능의 참상에 빠질 게 뻔했던 대한민국이나, 살아남기 힘들었던 조자룡에게는 천우신조였다. 운명의 여신은 대한민국과 조자룡을 버리지 않았다.

해태 타이거즈

해태 타이거즈는 전라도를 연고로 하는 프로야구 구단이었다. 프로축구와 프로야구가 발돋움한 이유가 국민의 관심을 정치에서 돌리기 위한 수단이었고, 공식적으로는 '광주사태'라고 불리는 내란이었지만, 실상을 알고 있던 전라도 사람의 불만을 무마하기 위해서라도 전라도 연고지 야구단을 창단해야 했다. 전라도 출신 대기업 경영주도 드물었지만, 상대적으로 큰 기업은 모두 고사하여 중소기업 수준의 해태제과가 모기업으로 선정되었다.

기업 규모가 작다 보니 지원이 적을 수밖에 없었고 야구단 규모도 다른 구단에 비해 작았다. 주전선수가 다치기라도 하면 대신할 후보조차 변변치 않을 정도였다. 1982년 프로야구 원년 성적은 6개 팀 중 4위였다. 1983년 프로야구는 팀당 80경기에서 100경기로 늘어 선수 보강이 필수였다. 해태도 성적 향상을 위해 미국 야구 유학에서 돌아온 김응룡을 감독으로 선임하였고, 외국인 선수 허용에 따라 재일교포 투수 주동식과 포수 김무종을 영입하였다.

선수단을 보강하였다고는 하나 여전히 우승 후보는 삼성 라이온 즈와 MBC 청룡이었다. 당시 고교야구 강팀이 몰려 있던 서울과 대구 경북을 연고로 하는 팀이 강할 수밖에 없었다. 천만뜻밖에도 원년 우승팀이 OB 베어스로 결정되었으나, 미국 마이너리그에서 생활한 박철순의 24승 4패라는 원맨쇼가 있었기에 가능했다. 취약 한 한국야구 실정을 그대로 드러낸 셈이었는데 여러모로 보강한 상태에서는 선수층이 두꺼운 삼성과 MBC가 유력 우승 후보였다.

1983년 전반기는 예상외로 해태 타이거즈가 선전했다. 선수층이 얇았으나 김봉연, 김성한, 김종모, 김준환, 김일권을 주축으로 한 타격은 정상권이었고, 새로 영입한 재일교포 배터리 주동식과 김 무종의 효과가 두드러졌다. 확실히 한일 간 야구 실력 차이는 컸 다. 거기에 투수 이상윤의 부상 회복이 화룡점정을 찍었다.

전반기 우승 경쟁 팀은 뜻밖에도 삼미 슈퍼스타즈였다. 프로야 구 원년에 인천 경기를 연고로 창단하였으나 국가대표 출신 한 명 없는 동호회 수준의 실력은 처참한 결과를 낳았다. 승률 1할 8푼 8리, 80경기 15승 65패였다. OB 베어스의 박철순이 혼자 24승을 올렸고, 삼성 라이온즈 트리오 이선희 권영호 황규봉이 각각 15승 을 올렸는데 삼미 슈퍼스타즈 팀 성적은 15승이 전부였다.

재일교포 스타 투수였던 장명부를 영입하였으나 삼미 슈퍼스타 즈가 성적을 내리라고 예상한 사람은 없었다. 그 정도로 취약했다. 장명부가 입단 기자회견에서 "30승을 목표로 하겠다. 20승을 못한다면 야구계를 떠나겠다."라고 호언장담했지만, 누구도 그 말을 믿지 않았다. 한국야구를 너무 얕잡아 보는 것 아니냐 하는 비아냥만 들었을 뿐이다.

놀라운 일이 벌어졌다. 세상에는 알 수 없는 일도 많고 믿을 수 없는 일이 수시로 벌어지지만, 현대 야구에서 있을 수 없는 일이 1983년에 벌어졌다. 팀당 100경기를 벌였는데 장명부는 선발로 44경기, 중간에 16경기 등 총 60경기를 소화했고, 30승 16패 6세이브 평균자책점 2.34를 기록했다. 완투 36회, 완봉승 5회, 427이닝 등판, 탈삼진 220개, 피홈런 19개, 피안타 388개, 사사구 122개였고 당연히 모두 신기록이었다. 1위에 오르지 못한 투수 부문은 평균자책점 2위, 세이브 3위, 승률 3위였다. 그 속을 알 수 없다고 하여 너구리라고 불렸던 장명부는 1983년 모든 프로야구 구단의 공공의 적이었다.

장명부의 압도적인 활약으로 전반기 내내 1위를 질주하였으나 막바지에 해태 타이거즈에 3연패 하여 전반기 우승을 내준다. 해태 타이거즈는 천신만고 끝에 코리안시리즈 진출 자격을 획득했다. 후반기에도 장명부의 활약이 계속되었으나 또다시 MBC 청룡에 간발의 차로 우승을 내주어 삼미 슈퍼스타즈의 코리안시리즈 진출 야망은 좌절되었다. 확실한 에이스가 있었던 삼미 슈퍼스타즈가 코리안시리즈에 나왔더라면 해태 타이거즈의 코리안시리즈 필승 신화는 없었을지도 모른다.

많은 야구인이 선수층이 두꺼운 MBC 청룡이 후반기 우승 여세를 몰아 코리안시리즈 우승을 예상했지만, 상황은 엉뚱하게 흘러갔다. '빨간 장갑의 마술사'라는 별명을 가진 당시 MBC 청룡 감독 김동엽은 구단과 협의하여 후반기 우승 시 포상금 500만 원씩 지급이라는 당근을 제시했다. 막상 우승하자 구단은 100만 원만 내놓았고, 선수단은 불만을 표출했다. 김동엽 감독은 인색한 구단에 실망하고, 성과급에만 연연하는 선수단에 실망하였다.

10월 9일 아웅산 묘소 폭탄 테러 소식으로 12일 열릴 예정이던 코리안시리즈는 15일로 연기되었다. 전쟁 위기에서 MBC 청룡 구단은 훈련 중지를 결정하였다. 전쟁이 예상되던 시점이었으므로 잘못된 판단이라고 할 수는 없었으나, 이래저래 MBC 청룡 야구단은 뒤숭숭한 분위기였다.

한국시리즈 1차전은 전체 승부를 좌우할 때가 많다. 승리 팀이 분위기를 타서 이기는 확률이 높다. 당연히 에이스 투수를 선발로 낸다. 김동엽 감독은 의외의 승부수를 띄운다. 에이스 하기룡 대신 사이드암 이광권을 선발 예고한 것이다. 하지만 경기가 시작되자 실제 전광판에 오른 이름은 신인 투수 오영일이었다. 해태는 당연히 20승 투수 이상윤이 선발 등판하였다. 오영일은 실책과 불운으로 초반 7실점 했으나 투수는 교체되지 않았다. 최종 점수는 7 대 4 해태 승리였다. 오영일은 7실점 완투패, 이상윤은 4실점 완투승이었다.

1차전에 이어 2차전에도 선발 예고한 에이스 하기룡의 등판은 없었다. 청룡은 유종겸을 타이거즈는 재일교포 주동식을 내세웠다. 승부는 예측하기 어렵다. 선수 실력 외에도 너무나 많은 변수가 따른다. 리그와 단기전의 양상은 다르다. 감독은 전체 역량을 집중 또는 적절히 배분하여 최종 승리를 노린다. 상대의 예상을 거슬리기 위한 작전이라지만 전문가가 보기에는 태업에 가까운 선수 기용이었다. 이후에도 알 수 없는 작전이 이어졌고 선수들의 불만마저 보태져 최종 성적은 4승 1무로 해태 타이거즈 우승이었다. 코끼리 김응룡 감독이 명장으로 등극하는 순간이었다.

정통성이 없는 정권의 고육지책으로 출발한 프로스포츠였으나 국민에게는 상당한 위로였다. 국민소득이 높아졌으나 즐길 놀이문화가 발전하지 못했을 때다. 일 외에 특별히 관심 가질 것이 없던 국민에게 거의 매일 경기하는 프로야구는 화제였다. 지역 안배로 자연스럽게 응원팀도 정해졌다. 젊은이를 중심으로 프로야구 인기는 폭발하였다. 일단 우민화 정책이라는 정부의 노림수는 성공하였다.

1980년 5월 18일에 있었던 일을 국민은 정확히 모르고 있었다. 대부분 국민은 정부의 언론통제로 북한의 사주에 의한 불온세력의 반란으로만 알았다. 현장에서 직접 목격한 광주시민과 인근 전라도 사람만 진실을 알고 있었다. 진실을 안다고 하여 함부로 발설할 처지는 아니었다. 서슬 퍼런 군사정권이 군림하던 때였다. 억울함과 분함을 풀 길 없었던 전라도 사람에게 해태 타이거즈는 구세주나 다름없었다. 전력이 약하다는 평가에도 실력 이상의 성적을 내는 타이거즈에 전폭적인 성원을 보냈다.

1983년 해태 타이거즈의 한국시리즈 우승은 어떤 측면에서는 전라도민의 한을 푼 것이었으나, 정부 차원에서도 다행으로 여겼다. 불만이나 스트레스는 쌓이는 것보다는 푸는 게 좋다. 개인 건강에도 좋지만, 국가나 사회에도 바람직하다.

정통성이 부족한 정권의 노림수로 프로스포츠가 태동하였고, 광주민주화운동의 억울한 희생자를 도울 길 없어 한이 맺혔던 전라도민의 열화와 같은 응원과 여러 우연이 겹친 결과였으나, 해태 타이거즈의 한국시리즈 우승 신화는 시작되었다. 우연도 반복되면 실력이 되고 정체가 된다.

첫 우승은 장명부라는 괴물을 넘어야 하는 험난함과 MBC 청룡의 자중지란이라는 우연이 만들었지만 이후 해태 타이거즈는 한국시리즈 필승이라는 전통을 정체로 한다. 1980년대 군사정권 아래 전라도민은 해태 타이거즈와 함께 울고 웃었다. 호남인에게 타이거즈는 시련을 견디는 묘약이 되었다.

4장

1984

위대하나 흠이 있는 관운장보다는

죽을 때까지 전투에 패하지 않았고

초지일관

유비에게 충성했던 조자룡을

추구하였다.

자룡(子龍)은 뜻을 풀이하면 용의 아들,

즉 용 새끼다.

본문 「이무기(子龍)」에서

대학 진학 포기

초등학교 때 꿈은 장군이었다. 군대 계급 구조는 알 수 없었으나 삼국지나 역사책에 등장하는 영웅은 하나같이 장군이었기에 장군이 꿈이라기보다는 영웅이 꿈이었는지도 모른다. 장군보다 지위가 높고 더 큰 힘을 가진 사람이 있다는 걸 알고부터 대통령으로 꿈이 바뀌었다. 대통령이 되려는 첫째 이유는 착한 이승복 어린이의 입을 찢고 돌로 쳐 죽인 공산당 박멸을 위해서였다.

대부분 먹고살기 힘든 육십년대였지만, 그중에서도 우리 집은 더 찢어지게 가난했다. 초등학교 4학년까지 보리곱삶이를 먹었고, 정부에서 쌀 자급을 위하여 통일벼를 개발 보급한 후인 초등학교 5학년 때에야 쌀밥을 먹을 수 있었다. 보리곱삶이보다는 나았으나 찰기가 없는 통일벼 쌀밥은 일반미처럼 맛이 없었다. 큰형과 둘째 형이 중학교에 다니다가 중퇴하였기에 전체 일등 성적에도 마음으로 중학교 진학을 포기하였다. 중학교가 무상으로 바뀌고 금오공고가 완전 공짜학교였기에 어쩌다가 오게 되었지만 정말 대학 진학은 꿈조차 꾼 적이 없었다. 장군, 대통령이 꿈이면서도 대학을 포기했다는 건 모순이지만, 그 정도로 무지하였다. 그러기에 꿈이라기보다는 단순한 상상이거나 망상이었다.

그래도 수도전기공고를 선택하지 않고 금오공고를 희망한 것은 부사관이지만 졸업 후 직업군인이 된다는 데 있었다. 병사든 부사관이든 열심히 노력하면 장군 진급이 가능하다고 생각한 무지의 힘이었다. 선생님도 부모님도 장교만 장군이 된다는 걸 알려주지 않았다. 어쩌면 군에 다녀오지 않은 아버지도 몰랐을지도 모른다. 꿈도 꾸지 않은 대학 진학이었으나 금오공고 학우 거의 모두가 진학을 희망한다는 사실에 놀랍고 의아하였다. 고향 친구는 거의 꾸지 않는 꿈을 대부분 꾼다는 데 놀랐고, 대학 진학한다는 사람이 인문계 고등학교에 가지 않고 실업계 공고에 왔다는 게 이상하였다.

공고는 대학 진학에 필요한 과목 수업이 거의 없고 전공 이론과 실습 교육이 대부분이다. 불가능한 건 아니었으나 실업계 고등학교 졸업 후 명문대 진학은 하늘의 별 따기였다. 그런데도 대학 진학 희망자가 금오공고에 온 건 세상 물정 모르는 부모의 금오공고 명성을 좇은 강요에 의해서였다. 진학을 희망해도 인문계에 갈 형편이 안 돼서 온 사람은 차라리 다행이었으나, 무지한 부모 탓에 금오공고에 온 사람은 불운하였다.

첫 중간고사에서 반에서 5등, 전자공학과 전체에서 20등 안에 들자 슬며시 고민이 되었다. 소문으로는 금오공고가 엄청나게 센

학교라서 버스 통학도 해보지 않은 깡 촌(村)놈의 상위권 성적은 상상도 하지 않았다. 의외로 내 실력이 크게 모자라지 않다는 걸 알자 욕심이 일었다. 너도나도 대학 간다고 설치는데, 상위 십 퍼센트에 드는데, 도전조차 하지 않는 건 자신에 대한 예의가 아닌 듯하였다.

금오공고 1학년이던 1982년 5월부터 대학 진학을 위한 공부를 시작하였다. 졸업 후에 군에 가야 하므로 일반적인 진학은 안 된다. 정식으로 허용된 진학은 육·해·공 삼군사관학교뿐이었다. 그 경위를 정확히는 모르지만, 예외적으로 카이스트에 합격한 사례도 있었다. 나는 서울대학을 목표로 하였다. 박정희와 전두환은 육사 출신이었지만, 시대 조류에 비추어 사관학교 출신이 계속 대통령을 할 수 없으리라는 게 내 예상이었다. 아마 앞으로는 가장 우수한 집단인 서울대 출신 대통령이 많아지리라. 그렇다면 서울대 진학이 대통령에 근접하는 지름길이 된다. 그래서 서울대를 목표로 하였다.

서울대에 합격해도 졸업 후 바로 갈 수는 없다. 휴학 후 5년의 부사관 생활을 마치고 진학해야 한다. 부사관 월급으로 학비도 충당할 수 있다. 좋은 계획이었으나 대한민국 대학 진학 희망자 전원의 1차 목표가 서울대다. 재능이 탁월하고 엄청난 노력이 뒤따라야 가능하다. 수십만 인문계 고등학생이 노리는 서울대를 실업계 수업으로 진학하기는 쉽지 않다. 시도는 해보되 안 되면 차선책으로 육군 사관학교 진학을 목표로 하였다.

일단 목표를 정한 후에는 초지일관 대입 학력고사 준비에 몰두하였다. 먹고 자고 운동하는 시간 외에는 모두 입시 준비였다. 전공 이론과 실습 시간은 담당 선생님께 죄송하지만, 나에게는 수면 시간이었다. 잘 수 있는 한, 졸 수 있는 한 최대한 자고 졸았다. 야간 자습을 위해서였다. 밤 열 시 취침 시간이 되면 어김없이 수학 '定石 I·II'와 영어 '완전정복'을 끼고 도서관으로 향하였다. 심야 TV 시청이 가능한 토요일과 일요일을 제외하고 매일 밤 열 시부터 새벽 두 시까지 독학하였다. 그런 친구가 꽤 많았다. 피곤하였으나 미래 대통령이 되어 빨갱이를 박멸하고 대한민국의 영광을 이끈다는 생각에 절로 힘이 났다. 도서관에서 비슷한 꿈을 가졌던 동기와 서로 격려하며 각자 오늘 목표를 달성했다는 데 만족하였다. 그때는 모두가 잠든 시간에 공부한다는 자체로 자기만족이 되었다.

2학년 말까지 목표하는 점수는 일단 200점이었다. 340점 만점에 200점을 얻으면 체력장 20점까지 합하면 220점이다. 당시 서울대 합격선이 290점 언저리였다. 2학년 말까지 영어, 수학 위주로 최대한 노력해서 200점을 얻고, 3학년 1년 동안 암기 과목을 섭렵한다면 50점 이상을 올릴 수 있다. 체력장까지 290점을 넘긴다면 서울대에 합격할 수 있고, 못해도 270점 정도에 이른다면 육사에 진학할 수 있다. 이것이 세상 물정 모르는 청년 조자룡의 대학 진학 전략 A, B였다.

2학년 말이던 1984년 2월 모의 학력고사가 있었다. 어떤 목적이 있었는지는 기억나지 않는다. 아마 전국 고등학교 동시 시험으로 자기 학력 수준을 알게 할 목적의 교육 당국 평가였을 것이다. 목표했던 200점 근처에도 가지 못하는 점수를 받아들었다. 금오공고에 합격한 후 중학교 3학년 때 500원을 주고 산 82년 대입 학력고사 문제지를 풀어 채점한 결과인 180점에도 미치지 못했다.

참담한 심정이었다. 망상을 꿈꾼 죄는 있지만 지난 2년 가까운 노력이 아무런 의미도 없다는 데 좌절하였다. 중학교 졸업 당시에는 인문계 과목을 수학하였고, 암기 과목은 고등학교와 별 차이가 없어서 그런 결과였겠지만, 목표에 미달한 건 변함이 없었다. 변명이나 자기 합리화가 중요한 게 아니라 1년 후 서울대나 육사에 합격할 수 있느냐 없느냐가 중요했다. 그 실력으로는 남은 기간 어떤 노력을 해도 불가능하였다.

그때의 심정은 어떤 말이나 글로도 표현할 수 없을 정도로 비참하고 서글픈 것이었으나, 그건 나로서 어쩔 수 없는 운명이었다. 삼국지에서 황제를 바꾸려는 동탁의 시도에 원소가 자리를 박차고 일어나 "세상은 동공만을 위한 것이 아니다!"라고 일갈한 것처럼, 세상은 조자룡을 위해 존재하지 않는다. 내 마음과 무관하게 우주는 운행하고 자연은 변화한다. 어떠한 노력에도 갈 수 없는 길이라면 끝까지 가보는 건 무의미하다. 소중한 삶을 허비하는 것이다.

내 인생을 더 낭비하지 않기 위하여 대학 진학을 포기하였다. 아팠다. 아마 포기하지 않고 노력했던들 서울대나 육사에 갈 수 없었으리라. 그래도 이후 금오공대와 장교 생활이 달라졌을 것이다. 원래 좋아하지도 잘하지도 못하던 영어를 완전히 끊은 것은 두고두고 내 발목을 잡았다.

내 실력과 목표하는 대학 합격 여부 판단은 정확하였으나, 공부 자체를 포기하는 건 성급했다. 경쟁이 치열하여 평범한 삶조차 만만치 않다는 걸 몰랐다. 어떠한 노력 없이도 장군이나 대통령이 아닌 평범한 사람으로 살아갈 자신이 있었다. 무지와 오만의 극치였던 철없는 생각이었다.

내 삶에서 가장 한가한 시간이 금오공고 3학년이었다. 아무것도 하지 않는 무위도식 그것이었다. 학과 시간이나 자습시간에 어떠한 노력도 하지 않고 여유 있는 시간을 보내 전혀 피로하지 않았으나 행복하지 않았다. 몸의 피로는 행복과 무관하다. 내 전 인생에서 가장 편안한 시기(?)를 보냈으나 그 에너지 넘치는 젊은 청춘이 늘 우울했다. 행복은 마음의 상태다. 꿈이 없는 일상은 행복하지 않았다.

라면

　대한민국 고3은 마의 터널이다. 특히 대학 진학을 목표로 하는 학생에게는 생사를 가름하는 전쟁터와 다를 바 없다. 고3 자녀를 둔 가정은 늘 폭풍전야다. 홀로 수행하는 암자와 같은 적막한 분위기를 온 가족이 만든다. 단 한 명, 공부에 몰두하여 명문대에 진학하기를 바라는 고3 자녀를 위해서다. TV 시청도 없고 손님을 초대해서 술판을 벌이는 건 있을 수 없는 일이다. 거의 불경죄에 해당한다. 고3 자녀를 둔 부모로서 팔공산 갓바위에서 천 배, 만 배 기도는 못 할망정 공부 분위기를 망치는 건 도리가 아니다. 고3뿐만 아니라 가족 모두 고3병에 시달릴 지경이다.

　최근 이십 년은 고3이 집안의 왕이었지만, 1980년대에는 대학 진학이 이십 퍼센트 남짓으로 일부 부유층의 전유물이었다. 간혹 개천에서 용 난다고 가난한 가정에서 대학 진학에 성공하기도 하였지만, 입학 수석 등 전액 장학금을 획득해야 가능했다. 평범한 가정에서는 수업료 내면서 대학을 보낸다는 건 엄두도 내지 못했다. 80년대 이전 대학 졸업자는 똑똑한 사람이라기보다는 부유한 사람이었다.

하위 일 퍼센트 가정에서 대학 진학을 꿈꾸지는 않았으나, 야심 찬 금오공고 학우 덕택에 잠시 가당찮은 망상을 했었다. 실업계 고등학교 다니는 주제에 서울대라니, 지나가는 개가 들어도 웃을 일이었다. 그래도 꿈이 있어 행복했다. 인간은 꿈을 먹고 사는 존재다. 희망이 있는 한 좌절이나 포기를 모른다. 하루 서너 시간 잠자는 고단한 삶에도 피곤하지 않았다. 뭇 사람 위에 우뚝 선 자신을 상상할 때 전신이 상쾌했다.

현실을 직시하고 꿈에서 깨어나자 갑자기 비참해졌다. 모르는 게 약이라는 말이 있다. 무식한 사람이 용감하다는 말도 있다. 주제 파악하지 못하고 나댈 때가 행복하다는 말이다. 남 보기에는 허무맹랑한 일이지만, 불가능한 꿈을 곧 이룰 듯한 희망에 부풀어 있는 사람이 행복하지 않을 수 없다. 불행하게도 인간은 언제까지나 불가능을 꿈꿀 수는 없다. 언젠가는 분수를 알게 되고 미몽에서 깨어난다. 대부분 사람은 자신을 제대로 알 때 비참해진다.

누구도 진로를 알려주지 않았고 대학 진학을 후원하지 않았으나 혼자 힘으로 이루려던 꿈은 좌절되었다. 서울대뿐만 아니라 육사 진학도 불가능하였다. 진학을 포기한 학생에게 할 일은 없었다. 물론 금오공고 졸업을 위해서는 기능사 자격증을 따는 게 의무다. 그건 2학년 전에 대부분 마친다. 3학년은 오로지 공부만 해야 하는 시간이었지만 내게 그건 무의미한 일이었다. 지도자의 꿈이 꺾인 사람은 앞에서 설칠 일이 아니라 조용히 뒤에서 살아야 한다. 몇몇 지도자만 똑똑하면 되지, 전 국민이 똑똑할 필요는 없는 일이다. 사공이 많으면 배가 산으로 간다는 속담도 있다. 3학년이 되어서는 학업을 위한 어떠한 노력도 하지 않았다.

나는 원래 지능이나 재능이 뛰어나지 않다. 상위권 성적을 유지한 건 타고 난 게 아니고 지지 않으려는 승부 욕이 전부였다. 남보다 두 배 노력해서 안 되면 열 배 노력한 결과였다. 물론 타인이 그 사실을 제대로 알 리는 없다. 노력을 보이게 해서는 의미 없다. 노력으로 성취한 건 내 능력을 돋보이게 하지 않는다. 전혀 노력 없이 달성해야 위대해 보이리라. 그래서 수업 시간이나 자습 시간보다는 남이 자는 시간에 공부하였다.

남이 보는 시간뿐만 아니라 보지 않는 시간마저 공부에 게을리하자 성적은 급전직하하였다. 상위 십 퍼센트 안에는 항상 들었으나 3학년 첫 중간고사에서 하위 십 퍼센트로 떨어졌다. 그 정도일 줄은 나도 예상하지 못했다. 부자 망해도 3년 간다는 속담이 있는데 나는 부자가 아니었다. 하루 만에 거지가 된 셈이다. 학우 대부분 일정 수준 성적을 유지하였지만 그건 모두 비슷하게 노력할 때 일이다. 노력하지 않는 순간 꼴찌로 추락한다. 역시 금오공고생은 우수하였다.

우수한 성적을 기대하였다면 큰 충격이었겠으나 이미 거창한 꿈을 포기하고 평범한 삶을 목표로 전환한 내게 충격은 없었다. 특별한 재능이 없는 건 미루어 짐작하였으니 확인한 것뿐이다. 역시 조자룡은 노력하지 않아도 전교 2등 하는 김일준이 아니었다. 목숨 걸고 달려들지 않으면 홀로 시냇물을 혼탁하게 하는 미꾸라지만도 못한 존재였다.

방황하는 나날이었다. 전과 마찬가지로 전공 이론과 실습 시간에 조는 건 마찬가지였지만, 야간에 공부할 시간을 확보하기 위해서가 아니라 무관심이었다. 무기력하고 무의미하게 시간은 흘러갔다. 자습 시간에 학업과 무관한 독서나 하는 게 전부였지만 유일한 관심사가 있었다. 일석 점호가 끝난 후 자는 시간에 라면을 먹는 일이었다. 2학년 때까지는 꿈도 꾸지 못할 일이었으나 3학년이 되어서는 가능하였다.

금오공고와 담을 맞대고 금오공대가 설립되었다. 금오공고를 세운 취지와 같은 이유로 박정희 대통령 주도로 세워졌다. 최우수자원을 모아 진학 대책 없이 모두 부사관으로 임용해야 하는 문제점 해결을 위한 것도 하나의 이유였다. 금오공대는 초기에 600여 명을 모집하였고 그중 60명은 금오공고에 할당하였다. 금오공고 출신 60명은 금오공대 졸업과 동시에 장교로 임관하는 ROTC가 의무였다. 원래 ROTC는 주로 4년제 종합대학에만 있는 제도였으나 금오공대는 설립과 동시에 만들어졌다.

금오공고와 금오공대는 철조망을 경계로 하였으나 통로가 이어져 있었다. 공식적으로는 통행 금지였으나 교직원은 업무상 통행이 가능하였고, 야간에 3학년에 한해서 암묵적으로 통행이 이루어졌다. 금오공대 식당 건물 1층의 매점과 분식집이 주로 이용 대상이었다. 가끔 월장(越墻)하여 음주하는 사람도 있었으나 희귀한 사례였다. 금오공고 3학년은 일과 후 금오공대 매점과 분식집은 거의 제한 없이 이용할 수 있었다.

지루한 나날을 보내는 어느 날 동기 박재혁이 라면이나 먹자고 제안하였다. 불감청이언정 고소원이었다. 한창 식욕이 왕성할 십 대 후반이었으나 별도로 용돈을 받지 않던 나는 300원 하는 라면을 먹을 수 없었다. 재혁이의 제안에 속으로 환호하였으나 짐짓 의연하게 받아들였다. 그게 시작이었다. 그때부터 조자룡, 박재혁, 노철준은 삼총사가 되었다. 라면값은 주로 재혁이나 냈고 가끔 철준이가 계산할 때도 있었다. 돈이 없는 나는 말로 때우는 편이었다.

라면은 훌륭한 음식이다. 물론 영양학적으로는 매우 부실하다고 한다. 사람은 무척 영리한 듯지만 의외로 어리숙하다. 몸에 좋다는 음식만 고집하는가 하면 아무리 몸에 해롭다고 해도 맛있는 걸 포기하지 못한다. 라면은 영양가는 없을지라도 맛은 훌륭하다. 과거에는 한국인만 주로 먹었지만, 최근에는 한류 붐에 편승하여 전 세계에서 인기다. 특히 어린이가 좋아하나 엄마가 즐겨 끓여 주지는 않는다. 몸에 좋지 않다는 음식을 자식에게 권유할 사람이 있겠는가? 그래서 어린이가 주로 이용하는 분식집에서 라면은 인기 메뉴다. 집에서 못 먹으니 밖에서 실컷 먹는다.

꿈을 상실하고 방황하던 청춘, 가장 소중하고 아름다운 인생의 황금기였던 십 대 후반에 라면은 잠시라도 행복한 시간을 주었다.

밤 열 시 넘어 셋이서 두런거리며 금오공대 분식집을 다녀오면 어느새 밤 열두 시였다. 살아온 삶과 살아갈 미래에 대하여 온갖 말을 하였으나 기억하지 못한다. 그래도 체육복 위에 군청색 금오공고 외투를 걸치고 밤하늘의 별을 바라보며 시시덕거리던 모습이 기억에 뚜렷하다. 마냥 아름답지 못한 십 대의 마지막이었으나 재혁이와 철준이와 라면으로 잠시나마 조자룡은 행복하였다.

이무기(子龍)

공부는 피곤한 일이다. 특히 지능이 떨어지는 사람에게 수학 문제를 풀거나 암기하는 건 몽둥이로 맞는 일보다 괴롭다. 맞는 거야 잠시 지나면 아무렇지도 않지만 아무리 연구해도 수학은 난해하고, 아무리 반복해서 암기해도 돌아서면 까먹는 데는 방법이 없다. 혹자는 수학이 어렵다고 하고, 어떤 사람은 암기하는 게 어렵다고 하나 나는 둘 다 어렵다. 그러니 초등학교 때부터 줄곧 성적 상위권을 유지하기 위하여 얼마나 노심초사했겠는가? 집안에서 부모님이 애 늙은이라고 표현한 것은 다 이유가 있었던 셈이다.

그 피곤하고 지치게 하는 공부를 포기하였으니 얼마나 좋을 것인가? 천만의 말씀 만만의 콩떡이다. 해야 하는데 하지 않았다면 행복했을 것이나, 해야 할 목적 자체를 포기하는 순간 노는 일은 신나지 않았다. 인간은 금기를 욕망한다. 하지 못하게 할 때 하고 싶고, 마음껏 할 수 있으면 심드렁해진다. 공부할 때 다른 짓은 무엇이나 행복하다. 심지어 평소에 보지 않던 TV 다큐멘터리나 시 낭송마저 즐겁다. 물론 시험 기간이 끝나면 언제 그랬냐는 듯 전혀 흥미롭지 못하다.

즐겁지 않은 고3 생활이었으나 독서만은 지속하였다. 삼국지를 읽기 시작한 이래 원래 독서 자체를 즐기기도 하였으나 거창한 꿈을 포기한 대가로 소박한 바람이 생겼다. 대통령 은퇴 후 자서전을 상상하였으나, 대통령으로 가는 길이 막힌 이상 자서전보다는 유익한 글이라도 얼마간 남겨야겠다는 생각이었다.

사실 글은 중요하다. 어쩌면 실제 업적보다도 기록이 더 중요할지도 모른다. 역사에 이름을 남긴 위인 상당수는 그가 남긴 글로 위대해졌다. 알렉산더나 한니발은 종군 기록자를 대동하였고, 카이사르는 갈리아 전기와 내전기를 직접 기술하였다. 소크라테스는 글을 쓰지 않았으나 그 제자인 플라톤과 아리스토텔레스에 의하여 기록되어 위대한 철학자로 칭송받는다. 대한민국 역사 불멸의 영웅 이순신도 그가 남긴 난중일기가 아니었다면 그렇게 추앙받지 못했으리라.

공자도 직접 쓴 춘추와 제자가 남긴 논어로 유명해졌지만, 공자가 추구한 죽어서 남겨야 할 명예로운 이름은 훌륭한 글이 최선이다. 공자를 역사상 가장 위대한 인물로 알던 시절이었다. 살아서 입신양명은 못 할지라도 죽어서 아름다운 이름은 남겨야 할 터였다. 이름을 남기려면 글을 써야 하고 글을 잘 쓰기 위해서는 다독이 필수다. 지금 생각하면 위대한 지도자나 죽어서 남기는 이름도 부질없지만, 대학 진학을 포기한 청년 조자룡은 삼국지에서 활약하는 관운장이나 조자룡같이 이름을 남기기를 바랐다.

용은 상상의 동물이다. 실제로 존재하지 않지만, 옛날부터 신성시한 동물답게 그 새끼마저 이름이 있다. 이무기다. 용이 되어 승천하지 못한 채 생을 마치는 동물을 이무기라고 한다. 용이 되어 대한민국의 번영과 영광을 이끌고 싶었으나 가능성이 희박하다. 마치 이무기와 같은 신세였다. 이무기는 용이 될 가능성이지만, 여의주를 얻어 승천하지 못하는 이상 다른 별 볼 일 없는 미꾸라지와 다를 바 없다.

삼국지 관운장의 의기와 기백을 추앙하였으나 생전에 실수도 있었다. 물론 독자를 매료시키려는 작가의 창의적 구성이었다. 그렇더라도 위대하나 흠이 있는 관운장보다는 죽을 때까지 전투에 패하지 않았고 초지일관 유비에게 충성했던 조자룡을 추구하였다. 자룡(子龍)은 뜻을 풀이하면 용의 아들, 즉 용 새끼다. 용이 될 수 없는 이무기 신세인 나에게 필명을 정한다면 자룡이 적당하였다. 더구나 내 성이 조자룡과 같은 조(趙)가다. 거창한 꿈 대신 작가가 된다면 필명은 조자룡으로 하리라. 조자룡은 금오공고 3학년 때 정한 내 필명이다.

축구 결승전

금오공고 체육대회는 천고마비의 계절 가을에 하였다. 학창 시절 체육은 수업 과목이라기보다는 일종의 놀이 시간이다. 무슨 과목이든 머리를 쥐어짜야 하는 터에 체육만큼은 몸이 주역이다. 에너지 넘치는 청춘에 몸을 움직이는 건 얼마든지 할 수 있다. 몸을 움직일 시간이 없어 넘치는 힘을 주체할 수 없을 정도였다. 체육도 실기 아닌 이론 시간은 지루하였으나 대부분 운동장에서 하는 놀이였다. 날 잡아 하루 내내 하는 놀이가 신나지 않을 사람이 있겠는가? 체육대회는 초등학교 소풍 못지않게 기다려지는 날이었다.

내가 입학하기 전에는 학년 구분도 없는 과별 대항이었다고 한다. 마치 현재도 하는 삼군사관학교 체육대회와 같았다. 육·해·공군으로 확실하게 구분된 사관학교 체육대회는 총성 없는 전쟁이다. 각 군의 명예를 걸고 야심 차게 준비하고 치열하게 경쟁한다. 과거에는 체육대회 종목 체육특기자를 선발할 정도였다.

금오공고 체육대회가 학년 구분 없이 과별로 진행되었을 때도 비슷한 상황이었다고 한다. 전자공학과 4개, 기계공학과 2개, 금속공학과와 판금용접과는 1개 반이었으나 인원이 적다고 순순히 포기할 리 없었다. 3학년 주도로 선수를 선발하고 방과 후 엄청나게 훈련하였고, 선수 아닌 사람은 전원 응원단이 되어 응원 연습을 했다고 한다. 3학년은 개인 의사가 반영되어 어느 정도 자유로웠을 것이나, 1·2학년은 적지 아니 괴로웠을 것이다.

인원으로는 절반을 차지하는 전자공학과이므로 당연히 우승할 것으로 여겨지지만 세상은 숫자가 말하지 않는다. 숫자로 성적이 결정된다면 월드컵 우승은 중국과 인도가 번갈아 하는 게 이상하지 않지만, 두 나라는 월드컵 1승도 없다. 전자공학과 720명 중 종목별 선수를 선발하는 자체가 어려운 일이었다. 전문 감독과 코치도 없는 상태에서 많은 수는 오히려 분란이 일어나기 십상이었다. 전 학년을 합해도 180명에 불과한 금속공학과와 판금용접과는 승부에 불리하였으나 360명 인원에 단결력이 센 기계공학과 우승 확률이 높았다.

기계공학과와 전자공학과는 여러모로 상대적이다. 작은 걸 추구하는 점과 큰 걸 지향하는 점이 다르고, 협동이 불필요한 실습과 협동해야 하는 환경이 다르다. 실내에서 근력이 필요 없는 활동을 하는 전자공학과에 비해 기계공학과는 무거운 장비 공구를 취급해야 한다. 본성이 같더라도 환경은 사람을 변화시킨다. 전자공학과는 개인적, 소극적, 내성적으로 바뀌고 기계공학과는 협력적, 적극적, 외향적으로 변모한다. 그 차이가 인원수를 극복하는 결과를 낳았다.

지나친 경쟁으로 과별 대항은 사라졌다. 내가 입학한 후에는 학년별 반별 대항으로 체육대회가 바뀌었다. 반별 대항도 결과는 마찬가지였다. 금속공학과와 판금용접과도 인원수에서 불리한 점은 사라졌으나, 기계공학과 우세는 여전하였다. 반이 2개였던 기계공학과는 성적이 좋은 반을 다른 반이 암묵적으로 지원하였다. 맞상대하게 되면 적당히 경기하였다. 반이 4개인 전자공학과는 과로 단합할 동기가 적었다. 우리 반이 아니면 모두가 적이었다. 그래서 학년별 과별 대항 체육대회도 주인공은 주로 기계공학과였다.

축구는 남자가 가장 좋아하는 종목이다. 넓은 운동장에서 가장 많은 인원이 격렬하게 할 수 있는 운동이다. 배구나 농구를 잘하는 사람도 축구선수를 희망하는 사람이 많았다. 나는 축구를 사랑했으나 신체적 재능은 마음을 따라가지 못했다. 초등학교 중학교 때도 간절히 원했으나 대표선수가 될 수 없었다. 고등학교 3학년이 되어서야 억지로 대표선수가 되었다. 학우 추천이 아니라 내 주장에 따라 선수가 되었다.

축구는 특별한 종목이다. 다른 종목은 체육관이나 운동장 한쪽에서 경기를 진행하지만, 축구는 모든 사람이 지켜보는 가운데 진행한다. 선생님이나 동기 후배 모두가 관전한다. 모두가 원하는 축구선수지만, 영웅이 될 수도 역적이 될 수도 있다. 워낙 골 넣기가 어려운 종목이므로 실력 차가 현격하지 않으면 승부가 운에 따라 결정될 때가 많다. 내가 속한 전자공학과 3학년 1반이 운 좋게 두 번 연달아 이겨서 결승에 올랐다.

결승 상대는 기계공학과였다. 체력에서 밀린 우리가 한 골을 내 주어 뒤진 채로 전반전을 마쳤다. 고등학생이므로 공식적으로 음 주할 수 없었으나 3학년은 암암리에 술을 마신다. 선수 기를 북돋 을 목적으로 술 마실 줄 아는 사람은 한 잔씩 걸치고 후반전에 나 섰다. 나는 시골에서 초등학교 때부터 술을 마셨으므로 당연히 몇 잔 했다. 기분 좋고 기운은 났으나 취기가 있으면 신체 감각이 둔 해진다. 절묘한 패스와 드리블로 관중의 탄성을 자아내게 하는 경 기가 아니라 투박하고 과격한 경기로 바뀌었다.

후반 종료가 얼마 남지 않은 시간, 이래 지나 저래 지나 마찬가 지이므로 이판사판으로 총공격을 하였다. 상대 문전 혼전이 이어 지는 중에 내 앞으로 공이 왔다. 호날두나 해리 케인처럼 논스톱 발리슛으로 골을 노려야 했으나 몸은 마음대로 움직이지 않았다. 단 1초만 시간을 끌더라도 상대 수비가 벌떼같이 달려드리라. 엉겁 결에 골대 안으로 툭 차 넣었다. 공이 느리게 움직였으므로 충분 히 상대 키퍼가 잡을 수 있었다. 그때 키퍼 앞에 있던 이준혁이 머 리로 슬쩍 건드렸다. 눈앞에서 공의 방향이 바뀌자 키퍼는 대응하 지 못했다. 골이었다. 교내 대회지만 공식 경기에서 내 첫 어시스 트 순간이었다.

결국, 경기는 무승부로 끝났다. 연장전 없이 페널티킥이 이어졌다. 기계공학과의 선축으로 시작된 페널티킥은 교대로 골을 넣는 상태로 진행되었다. 기계공학과 마지막 선수의 슛을 우리 키퍼가 막아냈다. 우리 마지막 키커는 동점 골을 넣은 이준혁이었다. 숨 막히는 긴장의 순간, 준혁이가 찬 공이 그물을 출렁였다. 골인, 경기 끝이었다. 경기장 안에 있던 선수뿐만 아니라 관중석에 있던 3학년 전자 1반 전원이 운동장으로 뛰어들어 승리의 기쁨을 만끽했다.

축구선수로 뛰고 싶은 열망을 이룰 수 없었고, 늘 기계공학과에 지기만 해서 우울하였으며, 만인이 지켜보는 가운데 기량을 뽐낼 기회를 잡을 수 없었던(시험 성적은 과정을 보일 수 없다) 청년 조자룡에게 금오공고 3학년 체육대회는 감격스러운 날이었다. 아무도 기억하지 못할 테지만 3학년 체육대회 날은 금오공고 생활 중 조자룡 최고의 날이었다. 그날 얼굴이 벌겋게 술을 마셨다. 선생님 모르게……

바둑 1

바둑은 수담(手談)이다. 손으로 돌을 놓지만, 상대 의도를 알 수 있다. 말하지 않아도 의사가 통한다고 하여 수담이라고 한다. 야간에 자습할 목적으로 틈만 나면 졸거나 잠을 취했으나 대학 진학을 포기하자 갑자기 할 일이 없어졌다. 수업 시간이나 자습 시간은 개별행동이 허용되지 않으므로 억지로라도 공부하는 척하거나 교과서 아닌 책을 읽었지만 쉬는 시간에 할 일이 없었다. 금오공대 분식집 라면으로 친해진 재혁이가 바둑을 두자고 해서 바둑을 두게 되었다. 그때까지 급수를 몰랐으나 자칭 10급이라는 재혁이와 네 점 깔고 두어 대등했으므로 14급쯤 되는 것 같았다.

바둑을 알게 된 건 초등학교에 입학하기 전이었다. 서울에서 돈 벌던 열세 살 터울의 큰형이 고향 부여에 내려오면 친구와 바둑을 두었다. 물론 바둑판도 바둑돌도 없었다. 달력 뒷면에 19로 바둑판을 그리고 개울에서 주운 잔돌을 바둑돌 삼아 바둑을 두었다.

바둑에 대한 개념이 전혀 없는 상태였으나, 형들이 두는 바둑을 유심히 보았다. 그때 직접 둔 적은 없었으나 두 집 나면 사는 것과 바둑돌을 몰아 잡는 축, 양 호구(虎口) 상태에서 교대로 따낼 수 있는 패 정도를 이해했던 것 같다.

사실 따로 두 집이 나면 사는 것과 축과 패를 안다면 기본 규칙은 아는 셈이다. 자주 두면 실력은 절로 는다. 그런데 나는 바둑 둔 적이 없다. 초등학교 때 누군가와 한두 차례 둔 적은 있었던 것 같다. 전혀 바둑 공부한 적도 없었고, 다른 사람과 둔 기억도 없었으나 막상 바둑을 둬 보니 14급이었다. 원칙만 이해하면 두뇌 발달과 함께 절로 실력이 향상되는지도 모른다. 기본을 이해하였으므로 어쩌다가 바둑 두는 장면을 관심 있게 보아서인지도 모른다.

할 일이 없어 지루하던 차에 마침 좋은 소일거리가 생긴 것이다. 재혁이와 나는 틈만 나면 바둑을 두었다. 처음 네 점을 깔고 하던 바둑이 점점 차이가 좁혀졌다. 하수와 두는 상수는 실력이 늘지 않지만, 하수는 상수의 의도를 이해하고 모방하므로 계속 상대하면 실력 차가 준다. 한국에서뿐만 아니라 세계 바둑에서 일세를 풍미했던 프로기사 조훈현을 이길 수 없었던 서봉수가 조훈현과 내기바둑을 통해서 실력을 향상한 건 누구나 아는 사실이다. 한국에서 조훈현에 거의 유일한 맞수였던 서봉수였으나 처음에는 실력 차가 컸다.

세상에 무의미한 일이나 시간은 없다. 비록 목적하는 일이 아니더라도 사람은 무언가 일을 해야 한다. 아무것도 하지 않고 시간을 보낼 방법은 없다. 매일 새벽 두세 시까지 하던 공부는 그만두었으나 대신 꽤 많은 독서를 하게 되었고, 바둑 실력이 급신장하였다. 한 달 후에는 가르치던 재혁이를 따라잡아 맞수가 되었다. 두 판을 연속으로 이기면 흑백을 바꿔 잡고 두었다.

너무 어린 나이에 꿈을 포기하여 비참한 심정으로 무기력하고 우울한 나날이었으나 바둑을 두는 동안에는 모든 걸 잊을 수 있었다. 홀로 외롭게 자아와 싸우며 방황하던 시기에 곁에서 함께 한 재혁이는 젊은 날의 은인이었다. 라면으로 친해진 재혁이는 바둑과 함께 갈등하고 방황하는 나에게 깨소금이요, 청량음료였다. 내게 바둑은 서글픈 마음을 일시적으로나마 잊게 하는 시름을 달래는 묘약이었다.

금오공대

금오공대는 금오공고와 담을 맞대고 붙어 있다. 1972년 '동양 최고 기능인 양성'이라는 목표로 최고 수준 수재를 모아 금오공고를 설립하였으나, 정부 부처 간 예산 지원 논란 끝에 국방 예산으로 운영하게 되어 졸업 후 진로가 기술부사관으로 결정되었다.

그때나 지금이나 군인은 인기가 없었다. '까라면 깐다.'라느니 '무에서 유를 창조한다.'라는 억지 논리로 상명하복을 강요하는 문화를 좋아할 젊은이는 없다. 남자에게 병역의무가 부과되어 어쩔 수 없이 군에 복무하지만 원해서 하는 사람은 거의 없다.

전액 국비 장학금으로 운영되며 졸업 후 진로를 보장한다는 말에 입학한 1, 2, 3기 중 5년 부사관 군 복무가 결정되자 자퇴한 사람이 상당하였다. 초기 중학교 졸업 전체 수석을 대상으로 교장 선생님 추천자 중에서 입학자를 가렸으나 갈수록 인기가 떨어졌다. 산업발전과 소득향상으로 대학 진학 희망자가 급격하게 늘어

날 때였다. '동양 최고 기능인 양성'이라는 목적을 달성하기 위해서는 대책이 필요했다. 그래서 만들어진 게 '금오공과대학교'였다.

보통 유명한 대학교에는 부설 고등학교가 있다. 목표로 하는 인재를 안정적으로 확보하려는 목적일 것이다. 금오공대는 반대로 금오공고생의 진로를 확보하기 위해서 검토하고 설립된 학교였다. 물론 육·해·공군 사관학교 입학 허락과 십 퍼센트 이상 금오공대 진학으로 우수한 학생 유치 목표가 이루어지지는 않았다. 아무리 대통령이 후원하는 학교라도 미래가 불투명한 신설 대학이 매력적일리 없었다. 더구나 신입생 모집 첫해 직전인 1979년 박정희 대통령은 만찬 자리에서 김재규가 쏜 흉탄에 서거하였다.

금오공대생 십 퍼센트는 금오공고 선배였으나 우리는 금오공대생을 좋게 평가하지 않았다. 실업계 과정을 배운 탓은 있으나 사관학교에 진학하지 못한 사람 중 희망자가 갔다. 더 유명한 학교에 합격하고 부사관으로 입대한 선배가 여럿이었다. 고등학교와 대학교의 차이는 있으나 학생 수준은 금오공고에 떨어진다는 의식이 있었다. 실제로 금오공고는 유명하였으나 금오공대를 알아보는 사람은 얼마 되지 않았다. 금오정이라는 동산을 공유하던 금오공고생은 금오공대를 부속 대학교라고 폄훼하였다.

지도자가 될 자질이 전혀 보이지 않는 사람마저 너도나도 대학에 진학하려는 세태에 비판적이었던 나는 금오공대 진학은 전혀 고려하지 않았다. 모든 사람이 대학을 졸업하는 건 지나친 낭비라는 그릇된 편견을 가진 나로서는 서울대 진학 외에는 모두 무의미하였다. 지방 국립대 외에는 모두 특성화고등학교를 만들어 졸업과 동시에 산업 전사가 되어야 한다는 게 내 생각이었다. 히틀러나 무솔리니 못지않은 국수주의자이자 전체주의자였다.

열심히 노력하는 사람에게도 대충대충 살아가는 사람에게도 세월은 흐른다. 열심히 공부한 2년도 눈 깜짝할 사이에 흘렀지만, 금오공고 3학년도 이제 얼마 남지 않았다. 새로운 신입생을 뽑기 위한 시험을 치르려면 재학생은 모두 휴가를 나갔다. 경쟁률이 열 배이상이었으므로 모든 교실에서 시험을 치러야 했다. 내무실도 시험응시자와 학부모의 임시 숙소로 제공하였다. 1984년 9월 금오공고 입학시험 기간에 고향 부여에 갔다.

처음으로 금오공대 진학을 진지하게 고민했다. 부사관으로 입대후 야간대학에 갈 계획이었으나, 대도시에 위치하여 비교적 취학이 쉬운 공군에 가게 될지도 알 수 없는 일이었고, 공군에 간다고하여 야간대학을 운영하는 대도시로 배속받는다는 보장도 없었다. 금오공대도 금오공고와 마찬가지로 금오공고 출신은 전액 장학금이 보장되었다. 학비뿐만 아니라 기숙사비, 교과서비, 식비까지지급되었다. 학교 수준은 마음에 들지 않았으나 진학 조건은 최상이었다. 어쩌면 대학 진학의 마지막 기회일지도 몰랐다. 중학교 고등학교 진학도 마땅찮게 생각하였으므로 당연히 대학 진학을 반대할 아버지께 어렵게 말을 꺼냈다.

"4년간 학비와 생활비 일체를 지원하는 대학이 있는데 시험이나쳐 볼까요? 합격하면 누가 약간의 용돈만 지원해줘도 어떻게 될 거

같은데……."

　무거운 분위기가 길게 이어졌다. 아버지는 자식을 노동력이라고 생각하던 세대였다. 실제로 시골에서는 아들 많은 집이 큰소리친다. 현재 가난하더라도 아들이 많은 건 얼마 후 엄청난 노동력을 확보한다는 의미다. 당장 문제가 생기면 물리력에도 차이가 난다. 아들을 선호하는 데는 대를 잇는다는 유교적 관습도 한몫하였으나, 여자보다 남자가 더 큰 생산력을 갖는다는 고정관념도 하나의 이유였다.

　"너도 욕심, 나도 욕심 모두가 욕심인데 한 번 시험이나 쳐 봐라."

　오랜 침묵을 깨고 한 아버지의 한마디였다. 나도 대부분 사람이 대학 진학하는 걸 반대할 정도였으니 아버지 세대의 생각은 더하면 더했지 덜할 리 없었다. 누구나 대학을 나와야 한다는 건 엉터리 같은 생각이다. 뱁새가 황새 쫓다가 가랑이 찢어진다는 속담도 있다. 한마디로 주제 파악 못 하고 탐욕적인 게 사람의 본성이니, 합격한다는 보장도 없고, 합격해도 뾰족할 게 없지만, 네 욕심대로 시도나 해보라는 투였다.

　적극적인 찬성을 기대하지 않았던 나는 물에 빠진 사람 지푸라기라도 잡는 심정으로 대입 학력고사 준비를 시작하였다. 어차피 금오공대에 합격하든 군에 가든 인생에서 가족의 도움을 바랄 수 없는 처지였다. 월급 받는 군 생활이 당장은 편할지 몰라도 어려운 가정형편에 야간대학에 가겠다고 버티면 가족의 질시는 뻔한 일이었다. 힘들어도 가던 길을 갈 때 계속 가는 것이 더 유리하리라.

　주사위는 던져졌다. 다시 시작하는 거다. 휴가가 끝나고 학교에 돌아오자마자 예전 공부 모드로 돌변했다. 영어 수학을 다시 시작할 시간은 없다. 한 달 남은 기간에 할 수 있는 일은 암기 과목에 매달려 최대한 점수를 올리는 일이다. 다행히(?) 금오공대는 명문대가 아니었으므로 학력고사 200점이면 가능성이 있었다. 체력장 20점을 더하면 내신성적이 좌우하리라. 한 달에 4~50점을 올려 200점에 도달해야 했다. 새벽 세 시까지 공부하고 새벽 별 보면서 숙소로 돌아가는 생활을 재개하였다.

독하게 마음먹고 한 달을 노력한 결과 목표는 이루어졌다. 어려서의 거창한 꿈을 향하는 데는 부족하지만, 일단 금오공대를 졸업하고 장교로 임관한다면 장군에 이르는 통로가 열린다. 장군 자격증은 딴 셈이다. 병사나 부사관은 장군이 될 수 없다는 걸 그때는 알고 있었다. 행운도 따랐다. 3학년 성적이 꼴찌에 가까웠지만, 내신성적이 3년 전체를 평균하는 것이어서 1, 2학년 때 상위 십 퍼센트 성적이 영향을 미쳐 전체 성적도 큰 차이가 없었다. 내신 3등급과 학력고사 200점으로 금오공대에 힘겹게 합격하였다. 입학성적 순위가 발표되지 않았으나, 보나 마나 나는 뒤에서 수위를 다투었으리라.

그래도 기분은 좋았다. 처음 목표했던 서울대나 육사는 아니었으나 겉으로는 표현조차 하지 못하고 꿈속에서나 동경하던 대학생 아닌가? 수석 합격을 하지 않는 이상 순위는 무의미하다. 진급과 마찬가지로 합격 여부만 중요하다. 꼴등이라도 합격하면 어차피 전액 장학금이다. 합격은 좋다. 금오공고와 마찬가지로 금오공대 합격도 내 의지와 노력으로 이룬 성과였던 만큼 기분은 최고였다.

공군(空軍)

　학력고사를 마치고 11월이 되자 입대할 군을 정해야 했다. 물론 학력고사 결과도 나오기 전이었고 당연히 진학 여부도 결정되지 않은 상태였다. 80%는 육군에 가야 하고 해·공군은 각 10% 수준이었던 것으로 기억한다.

　장군을 꿈꾸었던 사람치고는 어처구니없는 일이지만, 장교, 부사관, 병사 개념도 금오공고에 입학해서 알았고 육·해·공군이 땅과 바다와 하늘을 지키는 군대라는 것만 알았지, 부대구조와 병력 편성, 병과와 부대별 부서별 임무는 전혀 몰랐다. 아마 나뿐만 아니라 동기 대부분 마찬가지였을 것이다. 사격과 유격 등 군사훈련을 받았지만 정작 근무해야 할 군에 대해서는 문외한이었다.

　알든 모르든 무조건 선택해야 했다. 학력고사 시험이 넷 중 하나를 고르는 사지선다(四枝選多)였다면 군은 셋 중 하나를 고르는 삼지선다(三枝選多)라는 점만 달랐다. 다른 사람은 군 선택에 고민하였으나 나는 고민하지 않고 공군을 선택했다. 공군 편성 병과 임무는 전혀 몰랐다. 공군이 주로 근무하는 비행단이 대도시에 위치하여 야간대학 진학이 비교적 수월하다는 것만 주위들은 풍월로 알았다. 그래서 아무런 갈등 없이 공군을 선택했다.

내가 공군을 선택한다고 결정되는 건 아니다. 동기 대부분은 야간대학 진학을 희망했다. 군 복무 중 대학을 다니려면 공군이 가장 유리했다. 배를 타고 해외를 전전하거나 휴전선 부근에서 근무하게 되면 멀리 떨어진 대학에 갈 수 없을 게 뻔했다. 정해진 비율을 초과하거나 모자라면 성적순으로 조정했다. 나는 성적이 상위 십 퍼센트 안에 들었기 때문에 공군에 가는 데 전혀 문제가 없었다.

정작 문제는 다른 데 있었다. 금오공대 진학은 60명인데 육·해·공군 비율이 정해져 있었다. 부사관으로 복무하려고 선택한 군이 그대로 금오공대에 적용되어 장교로 임관하였다. 부사관은 고등학교 3학년에 군을 선택하지만, 장교는 고등학교 때 정한 군으로 임관해야 한다는 것이었다. 야간대학에 가기 위해서는 공군이 유리하였으나 금오공대 진학을 위해서는 육군이 절대적으로 유리하였다. 야간대학을 목적으로 공군을 선택하는 사람이 많았으므로 성적우수자의 금오공대 진학 경쟁이 치열할 수밖에 없었다.

많은 사람이 고민 끝에 육군을 선택했다. 금오공대에 합격하지 못하면 야간대학 진학을 포기해야 하는 난관에 봉착하지만, 당장 금오공대 합격을 위한 선택이었다. 나는 원래 금오공대에 뜻이 있지도 않았고, 합격을 자신하지도 못했기 때문에 초지일관 공군이었다. 금오공대 합격보다는 입대 후 야간대학 진학을 목표로 하였다. 나보다 성적이 좋았던 동기는 육군을 선택하면서 대담한 내 결정을 부러워하면서 용기에 감탄하였다.

세상에 두려울 게 별로 없는 나였지만 공군을 선택한 건 용기가 아니었다. 사실 금오공대 합격을 자신하였다면 육군을 선택했을 것이다. 군 규모가 해·공군과 비교할 수 없이 커서 사관학교를 졸업하지 않은 장교가 장군까지 진급할 확률이 훨씬 높았다. 장군이 꿈이라면 당연히 육군을 택해야 했다. 고등학교 3학년을 허송세월한 나는 학력고사 점수도 내신성적도 합격을 자신할 수 없었다.

금오공대 합격은 자신 없고 야간대학은 반드시 가고 싶었으므로 어쩔 수 없이 내린 결정이었다. 성적우수자가 많은 공군에서 금오공대 합격에 자신이 있는 것으로 오해한 친구는 내 용기를 부러워한 것이다.

고등학교 3학년 병영훈련은 겨울방학 때 실시한다. 1, 2학년 때는 여름방학 때 기본군사훈련 위주로 병영훈련이 이루어지지만, 3학년 때는 겨울방학에 한 달간 정해진 군에 가입대(假入隊)하여 부대적응훈련을 하였다.

금오공대 합격 발표는 1985년 2월에 있었다. 대구비행단에서 부대적응훈련 중 금오공대 합격 통보를 받았다. 뜻밖의 소식에 기뻤고 동기생 축하 세례를 받았으나 사전 지식 없이 우연히 전자공학과를 선택했듯이 의도하지 않은 공군 장교 생활을 하게 되었다. 공군 장교 임관은 내가 예상하고 노력한 결과가 아니라는 점에서 운명이라 할 만하다.

운명의 여신의 의도는 누구도 알지 못한다. 조금이라도 자신의 앞날을 예측할 수 있다면 훨씬 편하고 수월한 삶이 가능하리라. 금오공대 합격을 예측하였다면 육군을 희망했을 나와는 달리 금오공대 진학을 위해 공군을 선택하지 않고 육군을 선택한 학업 우수자가 여럿이었다. 금오공대에 합격하였다면 그나마 다행이지만 금오공대에 불합격한 사람도 있었다. 원하는 공군 복무와 금오공대 진학 모두 무산된 것이다.

행운을 좋아해서는 안 된다. 자신에게 행운이라면 자신의 노력보다 더 얻은 성취만큼 누군가는 노력에 미치지 못하는 성과를 받아들고 절망하였으리라. 금오공대 합격에 자신이 없어서 공군을 선택한 나에게는 행운이었다. 마음이 뿌듯하여 춤이라도 추고 싶은 심정이었으나 가슴 아픈 친구가 있을 게 뻔한 상황이어서 의연했다. 마치 당연한 일인 것처럼 내색하지 않았으나 마음은 구름을 탄 듯했다.

운명의 여신은 내 편이다. 1년 가까운 세월을 허송세월했음에도 손을 들어주지 않았는가? 내 미래는 탄탄대로다. 내 의지가 스러지지 않는 한, 어떠한 이유로 포기하지 않는 한 꿈은 이루어질 것이다. 비록 장군 진급에 유리한 육군이 아니더라도 운명이 내 편이라면 두려워할 이유가 없다. 장군이나 대통령이 되지 못할까 봐 조바심할 게 아니라, 훌륭한 장군이나 대통령의 자질을 갖추어야 한다. 우월한 위치에 올라 만인에게 지탄받는다면 그건 영광이 아니라

치욕으로 바뀐다.

꺾였던 과대망상이 되살아났다. 인간은 대부분 과대망상 속에 산다. 그러니 남은 모두 만류하는 일도 한사코 지속하거나, 아무도 진급을 예상하지 않아도 본인은 포기하지 못한다. 그것이 우주의 섭리요 자연법칙이다. 자신의 능력보다 더 우수한 것으로 믿기에 좌절을 딛고 일어서는 것이다. 지나고 보니 망상이었지 그때는 꿈이었다. 운명은 꿈을 되살렸다. 운명의 여신이 밀어준다니 도전해야 하지 않겠는가? 대한민국의 발전과 영광을 내 힘으로 구현해야 하지 않겠는가?

그 첫걸음은 공군이었다. 공군에서의 성취가 대한민국과 조자룡의 미래를 결정하리라. 영광스러운 대한민국 건설과 위대한 인간 조자룡을 위해서 힘을 내야 한다. 공군에서 두드러진 성취로 대한민국에서 우뚝 서야 하리라.

화투

학력고사를 마치자 학교는 급속히 카오스로 빠져들었다. 정상적인 수업이 진행되지 않았다. 어떠한 통제도 불가능하였다. 사실 금오공고만 그런 건 아닐 것이다. 인문계든 실업계든 진학이나 취업이 결정된 고3을 휘어잡을 당근이나 채찍은 존재하지 않는다. 적으나마 당근이 있을 때는 혼돈 속에서나마 질서가 존재하였으나, 학력고사가 끝나자 아주 적은 당근마저 사라졌다. 육체적으로 이미 성인이 된 질풍노도의 젊은이를 당근 없이 통제할 방법은 없다. 하루아침에 세상이 바뀌었다는 말을 하지만, 정말 학력고사가 끝나자마자 거짓말같이 혼돈 속으로 빠져들었다.

금오공고는 평소 외부 출입이 금지된 준 병영학교다. 철조망으로 외부와 완벽하게 차단되었으나 3학년은 드물지만, 암암리에 외출하였다. 선생님 눈을 피한 월장(越牆)이었다. 나는 금오공고에 가기 전에는 월장이란 말도 몰랐다. 도둑이 아닌 다음에야 담을 넘을 일이 있겠는가? 월장은 들키면 정학이나 퇴학을 당할지도 모르는 위험한 행동이었으나, 험한 세상을 경험하지 않은 십 대는 용감하다. 술을 마시거나 담배를 사기 위해 가끔 월장하는 친구가 있었다.

카오스에 빠져든 금오공고 3학년은 누구의 눈치도 볼 거 없이 당당하게 후문을 드나들었다. 혼란스러운 상황이었으나 그 와중에도 수업 시간에는 학교에 머물렀지만, 방과 후에는 삼삼오오 밖에 나가 술 마시고 돌아오기 일쑤였다. 선생님은 비상이 걸렸다. 매년 되풀이하는 연례행사였기에 놀라지는 않았으나 밖에서 민간인과 시비가 붙을까 봐 조바심하였다. 제복을 입은 사람은 일반 시민을 민간인이라고 부른다. 얼룩무늬 청춘이었던 나에게 사람은 군인과 민간인 두 종류였다.

돈이 궁한 나는 친구와 어울려 술 마시러 나갈 수 없었다. 한두 번 얻어먹었지만, 언제까지나 얻어먹을 수는 없는 노릇이다. 인간은 마주할 때는 간에 쓸개마저 빼줄 듯하지만 돌아서서는 냉정하게 계산하는 족속이다. 재원이 빤한 데 가난한 사람을 좋아할 사람은 없다. 스스로 벌어 쓰지 못하는 고등학생에게 돈이 있으면 얼마나 있겠는가? 대부분 외출한 야간은 나에게 무료한 시간이었다.

왜 그랬는지는 모르지만, 나에게는 마침 화투가 있었다. 이런 상황을 예측하고 휴가 때 준비한 건지도 모른다. 숙소에 남은 친구에게 화투놀이를 제안했으나 처음에는 시큰둥하였다. 화투를 할 줄 모르거나 재미가 없어서가 아니라, 도박으로 사회에서 엄격히 금지하는 화투를 학교에서 허락 없이 해도 되는지에 대한 두려움 때문이었다. 이 사람 저 사람 달래서 겨우 팀을 만들어 5점당 10원짜리 민화투를 치는데 순찰 중이던 담임선생님이 오셨다.

"화투 하냐? 무얼 하는고?"

"민화투입니다."

"민화투? 요즘엔 고스톱이 유행인데? 크게는 하지 말고 일찍 끝내고 자라."

선생님은 화를 내거나 만류하지 않았다. 시험 끝난 통제 불가능한 고3의 가장 큰 문제는 음주 난동이었다. 술 경험이 적어 주량을 잘 모르는 사람은 만취하여 실수할 때가 있다. 술에 취하면 겁만 없어지는 게 아니라 판단력도 떨어진다. 판단력 떨어진 겁 없는 사람이 할 일이 무엇이겠는가? 누구에게나 안하무인, 방자한 행동을 태연히 한다. 보통 사람은 취한 사람을 피하지만, 같이 취한 상태에서는 달라진다. 사소한 마찰이 대형 사고로 이어지는 경우가 다반사다. 선생님의 제일 큰 걱정이 대민 마찰이었으므로 기숙사에 머무르며 심심풀이로 놀이하는 것은 오히려 권장할만한 일이었다.

선생님 말씀이 도화선이었다. 어디서 구했는지 갑자기 수십 개의 화투가 나타났다. 호실마다 삼삼오오 모여 화투를 쳤다. 저녁 점호가 끝나고 취침 시간이 되면 불이 켜진 복도에 대여섯 팀의 화투판이 벌어졌다. 화투는 가장 기초적인 민화투를 비롯하여 고스톱, 뽕, 짓고땡, 섰다 등이었으나 서너 명일 때는 고스톱, 많은 수일 때는 섰다를 주로 하였다.

초저녁부터 시작된 화투는 새벽까지 이어졌다. 열두 시를 넘기면 취침하려는 사람이 생겼지만, 그 빈자리는 음주를 마치고 돌아온 동기생으로 채워졌다. 누구의 통제 없이 자유를 만끽한 시간이었다. 수업 시간에는 만화나 무협지를 읽었고(물론 선생님이 가르치는 수업은 없었고 자습이었다), 방과 후에는 약간의 음주와 밤샘 화투 놀이에 빠진 십 대의 마지막 밤은 무질서였다. 11월부터 졸업하는 이듬해 2월까지 방학 중 병영훈련을 제외한 기간에 완전한 자유를 누렸다.

그렇게 무질서하고 완전한 자유는 이후 누려본 적이 없다. 군 생활 중에도 은퇴한 현재도 주변을 의식하지 않을 수 없다. 지금도 그렇지만 그때도 군에 입대하기 전에는 묘한 분위기가 생긴다. 이전 군 생활이 워낙 혹독하였고 그것이 전해져서일 것이다. 입대 직전인 사람은 모두가 위로한다. 고등학교 졸업과 동시에 완전히 통제되는 군에 입대하는 우리에게 선생님은 관용을 베풀었다. 그 덕택에 나와 전 동기생은 무제한의 자유를 누렸다. 이전에도 이후에도 없을 완전한 자유를.

최동원

어디에나 전설은 있다. 사람 사는 곳이라면 전해지는 이야기가 있다. 정체성을 강화하고 우월한 존재감을 가지려는 민족 신화가 있다. 허구지만 집단 정체성을 유지하는 중요한 연결고리다. 스포츠에도 전설이 있다. 허구인 신화와 달리 어떤 선수가 감히 범접하기 어려운 기록을 세운 사람에 대한 헌사다. 1984년 최동원은 전설이 되었다.

최동원은 경남고에 다니던 고등학교부터 승승장구하여 대학 실업 야구까지 개인상은 물론 우승까지 휩쓴 독보적인 존재였다. 이전에도 탁월한 선수였지만 전설에 이르기에는 너무 젊었다. 1982년 프로야구가 출범했지만, 국가대표 선수는 합류하지 못했다. 1982년 세계야구선수권대회가 한국에서 치러졌으므로 우승을 위해 프로행을 막은 것이다. 아마 대회인 세계선수권대회에 프로선수는 참가할 수 없다. 대한야구협회는 프로관계자와 협상을 통해 최동원 김시진 장효조 김재박 등 27명에게 프로행을 유보했다. 지금은 생각할 수 없는 행위였으나 권위주의 시절에는 통하던 억지였다. 덕분에 한국은 결승에서 한대화의 역전 3점포로 일본을 꺾고 우승했다. 비록 국가를 위해 1년 늦게 프로에 입단했지만, 그나마 우승으로 위안 삼을 수 있었다.

1983년 가장 큰 기대주로 각광(脚光) 받은 최동원이었으나 입단 첫해 성적은 기대에 미치지 못했다. 체력이 강해 연투 능력이 뛰어났으나 고등학교 때부터 혹사로 몸이 정상이 아니었다. 그러나 그 저조한 성적이라는 게 9승 16패에 208이닝 5위, 평균자책점 2.89 11위, 148개 탈삼진 4위였다. 사실 최동원의 부진이라기보다는 팀 타율과 팀 승률 꼴찌가 말해주듯 팀이 허약한 탓이었다.

삼성은 원년부터 우승 후보였다. 뜻하지 않게 OB 베어스와 해태 타이거즈에 우승을 빼앗겼으나 선수단은 최강이었다. 삼성은 우승을 위해 더 투자하였다. 감독도 OB 베어스 원년 우승을 일군 김영덕으로 바꾸었고, 입단이 늦어졌던 장효조와 김시진이 가세하였으며, 재일교포 투수 김일융을 영입하였다. 1984년 삼성 전력은 올스타급이었다. 다른 모든 팀 선수를 추려도 상대할 만할 정도로 강했다.

예상대로 전기 우승은 삼성 라이온즈에 돌아갔다. 내심 후반기 우승까지 하여 통합우승을 노렸지만 7월 연패로 어려워졌다. 일찌감치 후기 우승을 포기하고 한국시리즈 대비에 들어갔다.

1984년 롯데 자이언츠는 최동원의 회복으로 강팀으로 변모하였다. 27승과 223개 탈삼진으로 다승왕과 탈삼진왕을 거둔 최동원을 앞세워 후기 우승을 노렸다. 경쟁 상대는 OB 베어스였다. 삼성은 껄끄러운 상대 OB 베어스를 피하려고 롯데에 져주기 게임을 하는 추태를 부렸다. 우여곡절 끝에 롯데는 최동원의 호투와 삼성의 선택으로 후기리그 우승을 차지한다. 여기까지는 삼성의 시나리오대로 되었다. 이후가 문제였다.

삼성 라이온즈와 한국시리즈 7차전을 벌이게 된 강병철 롯데 자이언츠 감독이 믿을 건 최동원뿐이었다. 강병철 감독은 최동원에게 1, 3, 5, 7차전에 등판할 것을 지시한다.

"너무 무리하는 거 아입니꺼?"

최동원이 놀라서 묻자, 강병철 감독은 무척 미안한 표정으로 대답했다고 한다.

"동원아, 우짜노 이까지 왔는데."

결국, 최동원은 "네, 알았심더. 함 해 보입시더."라고 답변하고 수용하였다고 한다.

대구구장에서 열린 1차전 선발투수는 27승 최동원과 19승 김시진이었다. 아마추어 때부터 라이벌이었으나 최동원에게 한걸음 뒤진 김시진은 불운하게도 큰 경기에 약한 징크스가 있었다. 이날도 2회 2점 홈런을 허용하는 등 4회를 마치기 전에 4실점 하고 강판한다. 이어 나온 권영호가 6이닝 3피안타 무실점으로 막았으나 최동원은 9이닝을 산발 7안타 무실점 완봉승을 올린다. 투구 수 138개, 탈삼진 6개로 한국시리즈 최초 완봉승이었다.

삼성 라이온즈 2차전 선발투수는 원투펀치 김일융이었으나 롯데엔 투 펀치가 없었다. 김일융은 삼진 7개를 뺏으며 5피안타 2실점, 8대 2로 완투승했다.

3차전은 부산 구덕운동장에서 벌어졌다. 1차전에 이어 김시진과 최동원이 맞붙었다. 이틀 휴식 후 등판한 최동원은 12개의 삼진을 뺏으며 6피안타 2실점 완투했다. 김시진도 8회까지 2실점으로 잘 막았으나 8회 말 수비에서 홍문종의 타구를 발목에 맞아 들것에 실려 나갔다. 1차전에서 잘 던졌던 구원투수 권영호는 9회 말 1사 2루에서 끝내기 안타를 얻어맞고 만다.

최동원이 등판하지 않은 4차전을 롯데는 무력하게 내주었다. 2차전에 이어 등판한 김일융은 삼진 8개를 솎아내며 8이닝 4피안타 무실점을 기록했다. 삼성 타선은 최동원에 당한 분풀이 하듯 7득점 완승했다.

롯데는 징검다리 승리를 위해 예정대로 5차전에 최동원을 선발로 내세웠다. 삼성은 3차전에서 부상한 김시진 대신 권영호가 선발로 나왔다. 4회까지 팽팽한 투수전이었으나 5회와 6회 롯데에서 점수를 내 두 점 차로 앞서자 강병철 롯데 감독의 계획대로 흐르는 듯했다. 운명의 여신은 호락호락하지 않았다. 인간의 예상대로 끝나는 건 자존심이 허락하지 않는 것인지도 모른다.

6회 장효조의 동점타가 터지자 다음날 선발투수로 예고된 김일융을 올렸다. 삼성의 승부수는 적중했다. 7회 말 지친 최동원은 정현발과 풀카운트 승부 끝에 좌측 담장을 넘어가는 솔로 홈런을 맞았다. 김일융은 3이닝 무실점으로 승리를 지켜냈다. 롯데는 최동원이 완투했다는 사실이 패배 이상으로 뼈아팠다. 벼랑 끝에 몰린 롯데지만 완투한 최동원을 내일 경기에는 올리지 못할 것이다. 최동원 없이 삼성 강타선을 막아내야 한다. 롯데는 풍전등화의 위기를 맞았다.

삼성은 6차전에 시리즈에서 단 1승도 올리지 못한 에이스 김시진이 마운드에 올랐고 롯데는 임호균이 선발이었다. 4회 초 이만수의 적시타로 삼성이 선취점을 올리자 삼성의 승리를 의심하는 사람은 없었다. 그러나 롯데는 1사 후 조성옥의 볼넷을 시작으로 홍문종 김용철 김용희가 3연속 안타로 3점을 뽑아 전세를 뒤집었다. 벼랑 끝에 몰린 롯데는 역전과 동시에 5회 초 최동원을 마운드에 올렸다.

운명의 여신이 승부를 뒤틀었다면 승리를 갈망하는 인간이 상식을 뒤집었다. 전날 9이닝 완투한 최동원은 남은 5이닝을 무실점으로 버텼다. 롯데는 8회 볼넷 2개와 3안타를 묶어 3득점 승부에 쐐기를 박았다. 비운의 에이스 김시진은 완투하였으나 2패째를 안았다.

경기 후 최동원에 대한 기자의 인터뷰가 있었다.

"최동원 투수! 컨디션 어땠어요?"

"글쎄요. 허허. 어제보다 좋았다고나 할까요?"

"무리 아니었습니까?"

"무리였죠. 무리지만 팀이 이길 수 있다면……. 이제 올해 마지막

시합이잖습니까. 그래서 최대한 힘 있는 데까지는 열심히 해 가지고…… 마 저희들이 노력한 만큼의 어떤 성과를 얻기 위해서는…… 무리라는 걸 알죠. 알지만도 마 나갈 수 있는 한 끝까지 나가서 이겨야죠."

10월 9일 한국시리즈 7차전은 3승씩을 올린 최동원과 김일융이 선발로 나섰다. 열흘간 열리는 7차전 시리즈에 다섯 번째 등판하는 최동원도 최동원이지만 네 번째 등판하는 김일융도 대단하였다. 만화에서나 나올 법한 장면을 실제로 연출하고 있었다.

연투로 지친 최동원의 공에는 힘이 없었다. 삼성은 2회 말 3득점 하며 기선을 제압했다. 3대 1로 쫓기던 6회 말에는 오대석이 솔로 홈런을 치며 승부를 결정짓는 듯했다. 롯데는 7회부터 대반격을 시작했다. 유두열의 우전안타, 한문연의 3루타, 정영기의 우전 적시타로 한 점 차까지 따라붙었다.

운명의 8회 초, 1사 후 김용희와 김용철의 연속안타로 주자 1, 3루가 되자 삼성 투수 김일융은 더그아웃을 바라보며 교체를 요청했으나 더 나은 카드가 없다고 판단한 김영독 감독은 외면하였다. 전날까지 17타수 1안타로 부진했던 유두열은 전 타석 안타에 이어 승부를 결정짓는 3점포를 날렸다. 롯데 응원석은 난리가 났고 연투로 지친 최동원은 부쩍 힘이 났다. 2이닝만 버티면 우승이다. 갑자기 살아난 구위에 삼성 타자는 당황했다. 결국, 추가점은 없었다. 6대 4로 롯데 자이언츠의 한국시리즈 최종 승리, 아니 최동원의 승리였다.

7차전이 끝나자마자 기자가 최동원에게 한 인터뷰 내용이 최동원의 상태를 말하였다. 무쇠 팔 최동원도 지쳐 있었다.

"최동원 투수, 지금 제일 하고 싶은 말이 뭐예요?"

"아이고~ 자고 싶어요."

최동원의 기록은 1차전 선발 등판 완봉승, 3차전 선발 등판 완투승, 5차전 선발 등판 완투패, 6차전 구원 등판 구원승, 7차전 선발 등판 완투승, 종합 5경기에 등판하여 4승 1패, 40이닝 투구, 평균자책점 1.80이었다. 7차전 시리즈에서 4승은 한국뿐만 아니라 전 세계에도 없던 기록이다. 운명의 여신 시샘에도 인간 최동원은 결연했다. 누구도 다다를 수 없는 고지에 올랐다.

내가 처음부터 롯데를 응원했던 것은 아니다. 삼성이 쉽게 우승할 요량으로 스포츠맨십을 저버리고 져주기 의혹이 보도된 뒤부터 롯데를 응원하기 시작했다. 절대 약자에 대한 연민이었을지도 모른다. 처음 시작이 어떻든 일단 몰입하면 중독되는 게 인간이다. 최동원은 사람이 중독될 만한 경기력을 보여주었다.

고등학교 졸업과 동시에 입대하는 자유로운 청춘의 마지막 시기에 최동원으로 인하여 나는 행복했다. 아마 많은 사람이 그랬을 것이다. 1984년 가을 주인공은 대한민국을 들썩이게 한 투수 최동원이었다. 야구선수나 팬에게만 한정한 이야기가 아니다. 야구 문외한도 최동원을 알았다. 부산갈매기를 열창하는 구도 부산에서는 진작부터 최고 영웅이었으나 1984년 한국시리즈를 통하여 전 국민이 우러르는 최고 스타가 되었다. 신의 반열에 오른 것이다.

1984년 한국의 가을야구는 신화다. 한국시리즈 때마다, 중요한 국제경기마다 회자 되는 7차전 승부 다섯 차례 등판과 4승은 그대로 전설이 되었다. 전해 내려오는 이야기 전설은 전해 가야 할 이야기이기도 하다. 최동원은 전설이다.

5장

1985

조국과 인류의 영광을 위해

몸 바쳐 일하리라

봉사하리라

본문 「금오인(金烏人)」에서

병영선거

1985년 1월 마지막 병영훈련에 들어갔다. 1, 2학년 병영훈련은 여름방학 때 기본군사훈련 위주로 시행하는 데 반하여 3학년 병영훈련은 정해진 군 실무부대에 입소하여 일종의 부대적응훈련을 하였다. 부사관으로 임용하면 특기(병과) 교육 후 실전 배치될 부대에서 견습(見習)한 것이다. 금오공대 합격 여부를 알 수 없었을 때였으므로 금오공대 입학 원서를 접수한 사람도 전원 병영훈련에 참석했다.

공군 입대가 결정된 40여 명은 대구비행단이 훈련부대로 결정되었다. 아직 특기가 정해지지 않았을 때였으므로 전원이 함께 움직였다. 부대에서 제공한 숙소에서 숙식하고 일과 중에는 여러 부대를 순회 방문하였다. 훈련이라기보다는 견학이었다. 기본군사훈련 때의 힘든 과정은 전혀 없었다. 일과 후에 숙소에 가면 대구의 여러 부대에서 부사관으로 근무하는 몇 해 선배가 찾아와 담소하였다. 간식거리를 가지고 찾아와 이야기하는 부대 생활 에피소드는 우리에게 피가 되고 살이 되었다. 당장 머지않아 닥칠 상황을 예상하며 나름대로 대처 방안을 찾는 소중한 시간이었다.

부대 간부나 부대원의 통제나 억압 없이 즐거운 생활을 하는 어느 날 갑자기 휴무라고 숙소에서 쉬라는 지시가 내려왔다. 제12대 국회의원 선거일이라 임시휴무일로 지정된 것이다. 아직 만 스무 살이 안 된 사람이 대부분이었기에 우리와는 상관이 없는 일이었다. 그런데 이상한 건 부대 곳곳에서 축제처럼 들썩인다는 점이었다. 어느 부대라도 모두 체육복 차림으로 운동하고 한쪽에서는 막걸리 잔치가 벌어졌다.

아직 민주화가 이루어지기 전이었다. 외부에서 감시할 수 없는 군은 불법 선거의 온상이었다. 전해 들은 말로는 장병 대부분 선거일에 투표하러 간 사람은 없었다고 한다. 어떻게 가능한지 몰라도 장병은 출근하여 운동하며 축제를 즐기고, 인사계에서 일괄 대리 투표한다는 것이었다. 선거가 무엇인지 몰랐고 투표 대상도 아니었으며 부정부패와 비리가 공공연히 저질러지는 시대였으므로 놀라지도 분노하지도 않았으나, 나중에 돌이켜보니 이승만 정권 때 저질러졌다는 불법 관권선거가 그때까지도 남아있었다는 걸 알았다.

1989년 장교로 임관한 후에는 대리투표나 공개투표 같은 불법을 목격하지 못했으나, 전두환 대통령이 재임하던 1985년에는 곳곳에서 불법이 자행되었다. 내가 사랑하는 조국 대한민국 수호를 임무로 하는 군에서 처음 보고 느낀 건 불행하게도 불법 선거였다. 당시에는 누구도 이의를 제기하지 않았고 누군가가 제공한 막걸리와 돼지 수육에 흥겨워하였으나, 지나고 보니 되돌아보고 싶지 않은 수치였다. 정의와 영광으로 빛나야 할 내 조국의 아픈 상처였다.

졸업

　1985년 2월에 금오공고 졸업식이 있었다. 처음으로 집 떠나서 독립생활을 했던 금오공고 졸업식의 의미가 적지 않았으나 나는 아무도 초청하지 않았다.

　가난한 빈농의 가정에서 태어나 어려서부터 단 한 번도 스스로 소중한 존재라고 생각해본 적이 없었다. 어머니의 사랑을 은연중에 느꼈지만, 누구에게도 사랑한다는 말을 들어 본 적도 없었다.

　나중에 안 사실이지만, 나는 철저한 유물론자였다. 영혼의 존재를 믿지 않았고 동물이나 식물이나 미생물이나 무기물의 존재 가치에 차이가 없다고 믿었다. 알 수 없는 현상에 따라 우연히 생명이 만들어졌다가 사라진다고 생각했고 사람도 짐승과 전혀 다를 바 없는 존재라고 확신했다.

　물론 그게 사실일 수도 있다. 그러나 지금은 사람이 무엇보다 중요한 존재라고 생각한다. 먼 훗날 자식을 낳고 키우면서 인간을 다시 생각하게 되었다. 어쨌든 다른 생명체나 동기에 비교하여 특별할 게 전혀 없는 내 졸업식에 가족이나 친구가 참석할 이유는 없다고 생각했다. 고향 충남 부여에서 경북 구미까지는 거리가 멀어 당일치기로 참석할 수도 없었다. 돈의 가치를 뼈저리게 느껴 알았던 나는 막대한 비용과 많은 사람이 시간을 희생하면서까지 참석해야 할 만큼 금오공고 졸업식이 중요하다고 생각하지 않았다.

나를 위해 참석한 사람이 한 명도 없는 상태에서 졸업식은 무사히 끝났다. 사람은 자신을 특별하게 생각하지만 의외로 그다지 특별할 게 없다. 특별하다면 스스로 특별하다는 의미를 부여해서 특별한 것이다. 내가 나에게 특별함을 부여할 필요가 없다는 판단은 옳았다. 내 가족이나 친구가 졸업식에 참석하지 않았다고 달라질 건 없었다. 아무런 문제 없이 일사천리로 진행하였다.

내 생각과는 다르게 다른 동기는 대부분 가족 친지 친구가 참석하여 축하해주었다. 강원도나 전라도뿐만 아니라 바다 건너 제주도에서도 일부러 찾아와 참석한 사람이 여럿이었다. 내가 보기에는 나와 별반 다를 게 없는 동기였지만, 그들은 가족에게 소중한 듯이 보였다. 꽃다발을 목에 걸어 주고 가슴에 안겨주며 한편으로는 기뻐하고 축하해주며, 한편으로는 안쓰러워하는 사람의 모습에 내 생각이 잘못되지 않았나 하는 의구심이 들었다. 어쩌면 세상을 다 안다는 듯 모든 일에 자신만만하였으나 우물 안 개구리일지도 모른다는 생각이 들었다. 그 생각이 옳았다. 육체 성장은 마쳤으나 정신은 훨씬 덜 성장한 어린애였다.

아직 만 스물도 되기 전에 군에 가는 자식이 안타깝지 않은 부모가 어디 있으랴! 우리는 모두 완전한 성인임을 자부하였으나, 각자 부모가 보기에는 철부지 아이에 불과하였다. 졸업식이 끝나면 며칠 후에 대부분 친구는 하사로 육·해·공군에 임용한다. 금오공고 3년 동안 군사훈련을 받았으나 덜 여문 골격으로 사내 중의 사내 진짜 군인이 되는 것이다. 부모 마음에는 고등학교에 입학할 때의 이별과 사뭇 다른 감정일 터였다. 그래서 분위기가 마냥 밝지만은 않았다. 시끌벅적한 가운데도 한줄기 엄숙한 기운이 흘렀다.

군에 가는 친구도 금오공대에 가는 친구도 아쉽기는 마찬가지였다. 이제 떠나면 언제 볼지 기약할 수 없다. 죽지만 않는다면 언젠가 다시 보겠지만, 그 언젠가는 아무도 모르는 터였다. 육·해·공군 부대는 전국에 흩어져 있다. 어디로 갈지는 아무도 모른다. 누군가는 함께 근무할 동기도 있겠지만 그게 누군지 아는 사람은 없었다. 마치 헤어지면 영원히 만나지 못할 사람처럼 아쉬워하는 동기도 있었다.

물론 인간이 동식물과 전혀 다를 바 없다고 생각하는 나는 그 정도는 아니었다. 그래도 금오공대에 진학하여 입대가 유예된 나와 달리 당장 입대하는 친구들이 안타깝기는 하였다. 그래도 자부심 강한 K 공고 출신 아니던가? 세상 어디에서도 훌륭하게 살아가리라, 그렇게 믿었다.

동기와 축하객이 북적대며 사진 촬영하는 것을 홀로 서서 물끄러미 바라보려니 문득 마음에 찬바람이 일었다. 견물생심이다. 눈에 보이니 외로워진 것이다. 아무도 축하하는 사람이 없었다면 목석같이 담담하였을 것이다. 이런저런 이유를 들어 찾아오는 걸 결사 반대하여 아무도 찾지 않았으나 막상 당하고 보니 그게 아니었다. 철석같이 굳은 마음을 가진 인간은 없다. 미풍에도 흔들리는 게 인간이다. 사람은 때맞춰 행동해야 한다. 사람이 죽으면 애도하고, 심하게 다쳐 입원하면 위문해야 한다. 생일이나 졸업식에는 축하하는 게 맞다.

멀거니 서 있는 내게 방황하던 3학년 때 갑자기 친해진 재혁이가 다가왔다. 재혁이는 대구에서 아버지와 남동생이 축하하러 왔다..

"뭐 하노? 혼자서. 이리 와가 사진 같이 찍자. 주인공 옆에는 엑스트라가 있어야 한다 아이가? 니는 손님 없으니 엑스트라나 해라."

그래서 재혁이 가족과 사진 몇 장을 찍었다. 그 후 사진을 못 받았는지 금오공고 졸업식 사진은 없다. 사진을 좋아해서 찍을 수 있으면 항상 찍어서 증거를 남겼건만 금오공고 졸업식 때는 그러지 못했다.

식사도 재혁이 가족과 함께했다. 술도 마셨는지 모르는데 기억에 없다. 내 기억에는 나를 축하하기 위해서 아무도 찾아오지 않았다는 사실과 사람에게 무엇이 중요한 일인지 고뇌하던 기억만 생생하다. 인간은 무엇인가? 인간에게 중요한 일은 무엇인가? 가장 추억거리가 많다는 고교 시절은 그렇게 끝났다. 아는 거 없고, 가진 게 없던 청년 조자룡은 홀로 성장하고 있었다. 주위에 사람이 아무리 많더라도 영혼의 성장은 혼자 몫인지도 모른다.

금오인(金烏人)

1

보릿고개 힘든 세월
벗어나서 살아보세

우리야 못 먹어도
자식까지 그럴 수야

독하게 마음먹고
시린 역경 극복하세

2

당장은 목구멍에
풀칠이 급하지만

백 년 후를 바라보면
교육이 먼저라네

질 좋은 학교를 세워
먼 미래를 꿈꾸리라

3
돈이 있나 기술 있나
가진 것은 없지마는

줄기차게 꿈꾸면
갈 길이 보인다네

일본의 지원이라도
따질 겨를 없어라

4
얄미운 일본이나
아쉬운 데 방법 있나

공업 입국 이루려면
학교 먼저 세우세나

시급히 세운 학교를
금오공고라 한다네

5
일등만 모아다가
초일류를 지향하는

세계적 기술자를
양성하려 하였건만

아직은 길이 없다네
갈 길이 멀었어라

6
급하게 세우느라
장기 계획 없었다네

학생은 우왕좌왕
정부도 갈팡질팡

어렵게 결정된 것이
국방부 소속일세

7
진학도 어렵다네
과학자도 어렵다네

청운의 꿈 깨어진
혈기방장 젊은 천재

태반이 자퇴한다네
다른 길을 간다네

8
진로 변경 가능한 자
그래도 낫다마는

달리 방법 없는 자는
눈물짓고 걸어가네

가난이 죄 아니라도
극복해야 하리라

9
아침 일찍 기상하여
연병장 일조 점호

일과 후 자습 끝에
취침 전 일석 점호

모양은 학생이지만
완연한 군인일세

10
홍안의 소년이나
부사관 훈련이니

제 키만 한 총 메고
제식훈련 유격 훈련

슬프다, 피할 수 없는
운명이라 하리라

11
수업 시간 군사훈련
차라리 낫다네

일과 후 여러 선배
뜬금없는 군기 교육

맞아야 잠이 든다네
서글퍼라 내 인생

12
맞는 거야 당연하지
이상할 거 없지마는

몸 아픈 게 아니라
마음이 아프다네

평범한 길 걷지 못한
청소년의 애환일세

13
친구들은 방학이라
산으로 바다로

피서 여행 간다지만
우리는 입영이네

불타는 태양 볕 아래
병영훈련 한다네

14
지옥이 따로 없네
땡볕 아래 훈련이라

몸과 맘은 파김치
먹을 것도 부족하네

맛난 건 언감생심
배고파 잠 못 드네

15
엄마가 해주는 밥
반찬 투정, 하지 마소

쌀벌레 떠다니는
된장국 보았는가

쌀벌레 건져내고서
국물까지 마신다네

16
교관도 짓궂다네
훈련 끝에 노래하네

뒤로 취침 상태에서
어머니 은혜 노래하니

목소리 잦아들면서
여기저기 홀쩍이네

17
구속받은 사람이
자유를 깨닫듯이

고향 떠난 사람이
비로소 알게 되네

어머니 무한 사랑을
그 끝없는 헌신을

18
사격 군기 무서워라
정신이 번쩍 나네

피티체조 오백 개를
누군들 해 봤으랴

요령을 피울 양이면
개 패듯 처맞으리

19
처음 쏜 총소리에
가슴이 벌렁벌렁

귀가 먹먹하고
정신도 하나 없네

한순간 딴짓하다간
황천행이 지척일세

20
오십 명 쓰는 막사
땀 냄새로 고역일세

물이라도 충분한가
샤워시간 고작 오 분

참아라, 병영훈련이
소풍 온 게 아니니

21
공고에 왔을 때는
기술자가 제격인데

너도나도 진학 열풍
혼자는 못 놀겠네

새벽에 도서관에서
꿈을 안고 나서네

22
실업 과목 삼분지 일
실습 시간 삼분지 일

공부하기 힘들어라
인문 과목 독학일세

그래도 어이하리오
처절하게 노력하세

23
정상적인 진학은
사관학교 전부일세

일반대는 전역 후나
갈 수가 있으리니

목메고 사관학교에
전심전력 쏟게나

24
원하는 바 모두 되면
그 누가 힘들리오

새벽까지 삼 년 세월
모든 게 헛일이라

야망의 치국평천하는
꿈이런가 하노라

25
공짜로 다닌 죄로
오 년이 의무복무

삼 년 동안 군사훈련
오 년 부사관 생활이니

청춘은 어느덧 흘러
주름살만 늘었네

26
박봉의 군대 생활
그 누가 원하리오

너도나도 전역 신청
장기 복무 않는다네

이제야 되돌아보니
후회가 막급이라

27
삼성전자 한국항공
일류기업 근무하나,

처자식 먹여야지
부모님 모셔야지

슬프다, 세상 구경도
제대로 못 했다네

28
남들은 연봉 많다
부러워한다지만

이리저리 모두 쓰고
남은 건 집 한 채라

허망타 인생 전부가
집 한 채가 다라니

29
이럴 줄 알았다면
장기 복무 계속할걸

은퇴 후가 걱정일세
무엇으로 연명할까?

달마다 연금 받는
군인 친구 부럽네

30
후회는 않는다네
후회할 짓 말아야지

내 한 몸 힘들었지만
나라 성장 이만하니

그래도 후손에게는
자랑이지 않은가?

31
앞만 보고 달렸으니
이제는 뒤도 보세

살아온 날보다
살아갈 날 적으리니

시간을 소중히 하여
아껴 써야 하리라

32
사람아 필부필부(匹夫匹婦)
욕질일랑 마시게나

한때는 한 몸 바칠
충성맹세 하였다오

장렬한 전사 못 했으나
노심초사 일했다네

33
금오산 정기 어린
전통의 터전

낙동강 굽이 흘러
감도는 곳에

세기의 빛을 받은
학문의 동산

새 역사, 맡은 일꾼
여~기 모였다

새 과학 새 기술
배우고 닦아

힘과 지식 기르는
금~오 공~고

조국과 인류의
영광을 위해

몸 바쳐 일하리라
봉사하리라

그때는 몰랐었네

그때는 몰랐었네
키만 한 M1 소총 들고
뛰고
구르고
훈련하는 것이 서글픈 거라는 걸

돌아보니 알겠네
열일곱 떠꺼머리총각이 어른이 아니라는 걸
총 가지고 놀기에는
너무 어렸다는 것을

그땐 몰랐었네
청춘이 아름답다는 걸

10대가 얼마나 순수하고
찬란하게 빛나는 시기라는 걸

돌아보니 이제야 알겠네
춥고
배고프고
외로운 시절이었지만
이룰 수 없는 과대망상 꿈꾸던
그때가 행복하였다는 걸

그때는 몰랐었네
세상 사는 일이 힘들다는 걸
세상이 각박하고
약자에게 매몰차다는 걸

돌아보니 이제 알겠네
서울에서는 눈감으면 코 베어 간다지만
잠깐 한눈이라도 팔 새
차는 떠나가고
아무리 손 흔들어도 돌이킬 수 없다는 걸

그때는 몰랐었네
사랑은 향기로우며
영원히 변치 않는 아름다운 것임을
의심하지 않았다네

지나 보니 알겠네
사랑이란 눈에 깍지 낀 것이며
깍지가 벗겨지는 데 많은 시간이 걸리지 않는다는 걸
세상에 변하지 않는 것은 없으며
쉽게 변하는 게 사람 마음이라는 걸

그때는 몰랐었네
인생에 그렇게 많은 장애물이 있으며
그렇게 자주 난관이 닥치고
그렇게 많은 사람이 앞을 가로막아
한 걸음 나아가는 게 벅차다는 걸

이제야 알겠네
누구에게나 삶은 벅차다는 걸
행복은 순간의 신기루에 불과하며
인생이 고해라는 걸

그때는 몰랐어도

이제는 알았다네

다시 살 수 없고

다시 살고 싶지도 않은 인생이지만

길고 굴곡진 터널을 슬기롭게 헤쳐 나온 것을

자축하게나

현재 살아 있는 자네는

인생의 승자일지니

조우, 40년을 돌아보다

　동기 모친상을 연락하느라 금오공고 10기 동기회장과 통화하다 보니 우리가 만난 지 40주년이 되어 글을 쓰려는데 글이 써지지 않는다고 하소연이다. 회장은 역시 생각이 남다르다. 금오공고가 내 인생을 바꾸었고 가장 중요했던 이정표라고 생각하면서도 입학 40주년이라는 데는 생각이 못 미쳤다. 완장 찬 회장은 동기생을 대표하기도 하지만, 동기를 가장 사랑하는 사람이기도 하다. 회장 덕에 40년 전을 돌아본다.

　소위 장군이 꿈이라는 놈이 장교와 부사관의 의미도 몰랐다. 당시 학교에서 추천하는 공짜학교 금오공고와 수도전기공고 둘 중 졸업 후 군에 간다는 금오공고를 선택한 건 장군이 되어 공산당을 말살시키겠다는 초등학교 꿈을 이어가기 위함이었다. 격투기 UFC처럼 만나는 상대를 모조리 이기면 장군이 되는 줄 알았다. 처음부터 장군이 될 신분이 있다는 걸 몰랐다. 부조리하고 불평등한 세상에 분노하였으나 스스로 타파할 자신이 있었다. 마음은 용상에 있었으나 세상을 전혀 이해하지 못하는 외계인이었다.

금오공고에 와서야 하사는 장군이 될 수 없다는 사실을 알았다. 학력이 없고 군 경험도 없던 부모도 장교를 몰랐고 학교에서도 가르쳐주는 사람이 없었다. 아마 형제나 지인 중 군인이 있었다면 귀동냥이라도 했을 텐데 그럴 기회가 없었다. 고등학교나 대학교 사관학교를 졸업하지 않아도 노력하면 장군이 될 줄 알았다. 삼국지에 사관학교 나온 장수가 있었던가?

환상 속에 살다가 비로소 현실을 이해하기 시작했다. 금오공고는 좋은 학교다. 적어도 굶주리면서 살았고, 중고등학교 진학할 형편이 되지 않았던 내게는 하늘이 내린 기회였다. 친구도 좋았다. 가난해서 왔든 선택해서 왔든 금오공고 동기는 대부분 대학 진학을 희망했다. 꿈이 장군이라는 놈은 생각도 하지 않는 대학을 공고에 와서 가겠다고 우기는 친구가 이상했다. 그런 친구에게 물드는 데는 오랜 시간이 걸리지 않았다.

어려서 꿈은 제대로 된 꿈이 아니었다. 막연한 동경이었을 것이다. 그래도 공고에 와서 대학에 가겠다는 어처구니없는 동기생 덕분에 덩달아 따라 하다 보니 오늘에 이르렀다. 꿈 근처도 가보지 못했으나 불행하지 않았고 후회도 없다. 불행하지 않은 이유는 어처구니없는 망상이 있었기에 고단한 현실을 이길 수 있었다. 그 꿈이 크고 높아서 끝없이 노력해야 했기에 다른 사람과 비교할 틈도 없었다. 다른 사람과 비교하는 순간 불행해진다. 착각 혹은 환상

덕분에 나는 불행하지 않았다. 불행하지 않았던 삶을 후회할 이유가 있는가? 꿈은 이루어지지 않아도 좋다. 그 과정이 행복하다면 이루지 못하였다고 슬퍼할 이유가 있는가?

비록 고지에 도달하지 못했지만 다섯 가족이 굶주리지 않고 웃으며 살지 않는가? 엉터리 꿈이라고 타인을 비하할 이유는 없다. 불가능한 꿈이라도 갖지 않은 사람을 계도(啓導)할 일이다. 가난한 사람이 비참한 게 아니라 꿈이 없는 사람이 비참하다. 저녁에 삼겹살 먹겠다거나 주말에 제주도 가겠다는 건 꿈이 아니다. 비현실적인 꿈이라고 탓해서는 안 된다. 꿈이란 원래 현실이 아니다. 불가능을 상상하는 것, 그것이 꿈이다.

동기생은 40년간 동고동락한 전우요 동반자였다. 직업군인이었기에 어느 군(軍) 어느 지역에도 동기는 있었다. 제대한 친구도 마찬가지였다. 전국을 떠돌았어도 외롭지 않았다. 인간은 사회적 동물이다. 대화할 사람이 없으면 불행해지는 존재다. 부임지에는 항상 반기는 동기 동문이 있었다. 우리는 머리가 좋아서 K-공고가 아니다. 가장 뜨겁게 성장하는 그 강렬한 시기에 같은 용광로에서 삶을 새롭게 꿈꾸었다. 긴 세월 희로애락을 함께한 사람이다. 직접보고 듣지 않아도, 말하지 않아도 공감하는 사람이다.

동기 동문은 외로움을 달래주고 슬픔은 나누고 기쁨은 함께했다. 내 일에 나보다 더 슬퍼하고, 나보다 더 아파하며, 나보다 더 기뻐하고, 나보다 더 즐거워하는 사람이 누구던가? 내 일에 앞장서는 사람은 아내 외에는 동기뿐이다. 눈빛만으로 공감하는 사람이 주변에 널렸다면 불행할 겨를이 있겠는가? 조자룡은 40년간 행복하였다. 아마 살아갈 앞날도 마찬가지일 것이다. 동기 여러분의 건투를 빈다. 나보다 건강하게 오래 살아서 내 행복을 도와주길 바란다.

젊은이여, 가슴을 펴라

청년은 고달픕니다. 아름다운 청춘이라고 어르신이 부러워하지만, 막상 당사자는 오늘이 행복하지 않고 미래를 꿈꾸기 어렵습니다. 신체나 정신이 온전치 못한 사람 이야기가 아니라 오늘을 사는 젊은이 전체 이야기입니다.

어려서는 공부만 잘하면 모든 게 문제없다던 부모와 선생 말을 믿고 따르지만, 그것이 허구라는 걸 깨닫는 데는 많은 시간이 걸리지 않습니다. 직접 경험해야 모든 걸 아는 건 아닙니다. 잘 관찰하면 다 보입니다. 20년이나 10년 또는 5년 선배가 걷는 길을 살펴보면 공부로 문제가 해결되지 않습니다.

부모와 선생의 말이 맞는다면 단 몇 명이라도 원하는 직장에 취직한다는 것이겠지요. 공부 열심히 해서 열 중 여덟이나 아홉이 원하는 길을 간다면 부모 선생 말이 맞는 것입니다. 열 중 하나나

둘만 이룰 수 있는 길이라면 모두가 지향할 바는 아니라고 생각합니다. 한둘을 위하여 여덟이나 아홉을 희생한다는 건 너무나 비효율이지 않습니까?

그래도 어른이란 사람은 이렇게 말합니다. "그래도 할 놈은 하지 않느냐? 네 노력이 부족한 것이다." 과연 그럴까요? 그건 마치 옥답에 씨를 뿌려 극소수가 살아남지 못하면 '죽을 놈은 죽는다.'라고 말하고, 사막에 씨를 뿌려 극소수가 살아남으면 '살 놈은 산다.'라는 말과 같습니다. 옥답에서 살아남은 씨앗과 사막에서 살아남은 씨앗을 같이 비교하는 게 과연 옳을까요?

오륙십년대 청년도 어려웠습니다. 진학과 취업이 어려운 게 아니라 인간의 가장 원초적인 문제, 생존하기 위한 음식을 구하기 어려워 굶주림이 가장 큰 문제였습니다. 지금보다 더 불행한 상태였을지는 모르나 먹을 것만 해결하면 행복하였으므로 행복의 길을 찾는 건 오히려 쉬웠습니다. 불행을 원하는 사람은 없지만, 불행한 사람이 오히려 행복하기는 쉽습니다. 아이러니한 역설이지요.

현재 취업하지 못해 고통스러운 건 젊은이지만 그건 젊은이 잘못이 아닙니다. 대체로 어른 잘못이지만 전부 그런 건 아니지요. 시대의 흐름입니다. 세계화의 추세예요. 그건 누구의 잘못이 아닙니다. 그냥 주어진 상황이지요. 우주의 섭리나 자연법칙과 마찬가지예요.

인간이 각자 잘 살기 위한 노력이 오늘날 문명을 이루었지만, 특정 개인의 의도는 아닙니다. 각자 최선의 길을 찾다 보니 오늘에 이르게 된 것이지요. 농업혁명이나 산업혁명은 누구의 작품이 아닙니다. 인간이 안전과 편리와 이익을 추구하다 보니 다다른 역사의 한 지점입니다.

자동화와 세계화는 피할 수 없는 추세입니다. 더 편하고 쉽게 돈을 벌 방법이 있는데 마다할 사람은 없습니다. 선진국이나 한국의 문제가 아닙니다. 현재 후진국이라도 좋은 방법을 찾아낸다면 선진국보다 더 자동화를 추구할 겁니다. 현재 상황이 어른 책임이지만 전부는 아니라는 말입니다.

자동화는 일자리를 없앱니다. 인건비를 줄이기 위한 게 자동화와 인공지능이니 당연한 일이겠지요. 데모하고 정부에 압력을 가한다고 해결될 일이 아닙니다. 추세를 늦출 수는 있어도 언젠가는 지나가야 하는 필연의 길입니다. 일자리를 지키기 위하여 자동화를 멈춘다면 다른 나라에 뒤처질 뿐이지요. 현명한 방법이 아닙니다.

일자리 없는 세상을 어떻게 살아가야 할까요? 정확히 말하면 일자리가 없어지는 게 아니라 돈벌이가 되는 일자리가 사라지는 것입니다. 아무리 열심히 공부해도 전원이 공무원이 되거나 대기업에 취직할 수는 없는 노릇입니다.

돈 버는 일자리에 취직할 수 없다면 즐거운 일이나 보람찬 일을 찾아야 합니다. 자동화가 심화할수록 생산 효율은 오릅니다. 돈을 벌지 않아도 생계에 지장은 없을 겁니다. 인공지능 로봇이 효율적으로 생산한 재화를 적절하게 분배하는 방식을 찾아낼 겁니다. 생산수단을 가진 사람이나 직접 생산에 참여한 사람보다는 적은 양이겠지만요. 지금 돈 없는 젊은이가 포기하는 연애·결혼·출산도 문제없을 겁니다. 육아도 국가에서 책임지는 시대가 올 것입니다.

돈 버는 직업 대신 즐거운 일이나 보람찬 일이라면 대표적으로 여행이나 봉사활동이 되겠지요. 기초생활비를 나라가 제공한다면 약간의 노력으로 세계여행이 가능합니다. 주로 도보여행이 되겠지만요. 옛날 수행자의 길을 걷는 겁니다. 아마 많은 깨달음이 있을 거예요. 봉사활동도 마찬가지지요. 봉사활동은 희생이 아닙니다. 시간과 재화를 타인에게 제공한다는 데서 희생이지만 그 대가로 얻는 기쁨과 보람은 온전히 봉사자의 것입니다. 시간과 재화의 투자로 기쁨과 보람을 얻었다면 그게 희생일까요? 행복이 삶의 목적이라면 가장 빠른 길 아닌가요?

저도 자식 키우는 부모라 사실 못 한 말도 많습니다. 미래를 확실히 볼 능력이 없는 사람으로서 자식에게 공부하지 말라고 말하는 건 쉽지 않습니다. 교육개혁이 이루어질 수 없는 이유입니다. 교육부 공무원은 어린이의 앞날만 생각할 수 없습니다. 현재 교육을 완전히 없앤다면 교육계 종사하는 공무원 교사 학원은 어떻게 되겠습니까? 어린이뿐만 아니라 그들의 의견을 무시할 수 없습니다. 현재 교육보다 더 좋은 방법을 찾기도 어렵지만 제도화하기는 더 어렵습니다.

불행하지만 개인이 더 좋은 방법을 찾아 실천할 수밖에 없습니다. 현재는 열 명 중 한 명, 미래에는 백 명 중 한 명만 원하는 직장에 취직할 수 있다고 합니다. 모두가 경쟁하여 99명은 패자가 되어 단 한 사람에게 박수를 보낼 수밖에 없는 처지라면 소중한 인생을 공부에 낭비할 일이 아닙니다. 십 퍼센트는 도박이지만 일 퍼센트는 기적입니다. 모든 사람이 좋은 직업을 구하기 위하여 도박하거나 기적을 바라야 하나요?

스스로 판단하여 일 퍼센트 안에 들 자신이 있거나, 가능성이 희박해도 기적에 도전하겠다는 사람은 현 교육체계대로 따라 하면 됩니다. 나머지 사람은 사람 사는 데 불편함이 없는 초등학교나 중학교를 마치면 스스로 앞날을 결정하고 개척해야 합니다. 절대로 나라나 사회나 부모는 그 길을 알려주지 않을 것입니다. 나중에 책임지지도 않을 거면서요.

제 생각에는 무전여행입니다. 일이 년 국내를 섭렵하고 이삼 년 세계를 걷는 것입니다. 인도네시아에서 유럽까지 또는 알래스카에서 칠레 남단까지 걷는 것이지요. 약간의 초기 비용을 제외하면 도중에 아르바이트로 해결해야 합니다. 매일 블로그에 기록하면서요. 영어나 스페인어를 할 수 있으면 더할 나위 없겠지만 못 해도 상관없습니다. 말이 통하지 않으면 소통할 방식을 찾아내는 게 인간이니까요. 환경에 빠르게 적응해서 만물의 영장이 된 인간은 쉽게 새로운 환경에 적응합니다.

이 책이 현실과 거리가 먼 옛이야기라서 젊은이에게 직접 도움이 되지는 않을 겁니다. 다만 40년 전에도 젊은이에게는 갈등과 고민이 있었다는 것, 평범해 보이는 모든 사람에게 고뇌가 존재한다는 것을 이해하고 조금 편안한 마음이 되었으면 합니다. 제 개인이 걸어온 삶이 「얼룩무늬 청춘」입니다. 조금이라도 제 글이 젊은이에게 희망이 된다면 더 바랄 게 없습니다.

제 세 자식을 포함하여 실의에 찬 대한민국 청년이여, 힘을 내십시오, 가슴을 펴십시오. 지금 상황은 그대 책임이 아닙니다. 누가 알려주지 않더라도 미래 자신의 꿈을 찾아 떠나십시오. 누군가 앞서가면 길이 됩니다. 그 길은 고되지만, 선구자의 희열을 얻을 것입니다. 대한민국 젊은이가 그 길을 찾아 세계의 젊은이에게 꿈과 희망을 안기기를 바랍니다.

대한민국 청년 여러분 파이팅!

2022. 7.

조자풍